무림속 마법사로 사는법

김형규 신무협 장편소설

무림 속 마법사로 사는 법 2

초판 1쇄 발행 2024년 10월 28일

지은이 ㅣ 김형규
발행인 ㅣ 최원영
편집장 ㅣ 이호준
편집디자인 ㅣ 박민솔
영업 ㅣ 김민원 조은걸

펴낸곳 ㅣ ㈜ 디앤씨미디어
등록 ㅣ 2002년 4월 25일 제20-260호
주소 ㅣ 서울시 구로구 디지털로32길 30 코오롱디지털타워빌란트 1301-1308호
전화 ㅣ 02-333-2513(대표)
팩시밀리 ㅣ 02-333-2514
E-mail ㅣ papy_dnc@dncmedia.co.kr
블로그 ㅣ blog.naver.com/gnpdl7

ISBN 979-11-364-5657-1 04810
ISBN 979-11-364-5655-7 (SET)

※ 저자와 협의하여 인지는 붙이지 않습니다.
※ 이 책은 ㈜ 디앤씨미디어(파피루스)가 저작권자와의 계약에 따라 발행한 것으로 본사와 저자의 허락 없이는 어떠한 형태나 수단으로도 내용을 이용할 수 없습니다.

무림속 마법사로 사는 법

2

PAPYRUS ORIENTAL FANTASY

김형규 신무협 장편소설

PAPYRUS
파피루스

7장. 마인 ················· 7

8장. 무리(武理) ················· 107

9장. 무림맹의 사자 ················· 145

10장. 유지(有志) ················· 183

11장. 귀곡장원 ················· 219

12장. 강시 ················· 281

7장. **마인**

마인

마인은 일반적이지 않은, 사이한 방법으로 마공을 익힌다.

무덤에서 시체의 두개골에 손가락을 박아 넣고 음기를 빨아들인다거나, 사춘기를 맞이하기 전의 동남동녀들의 피를 마신다든가.

살인 정도는 그저 기본 전제에 불과한 경우도 많다.

하지만 효과는 확실하다.

설령 삼재심법과 삼재검법과 같은 저잣거리에서 팔릴 법한 삼류 무공이라고 하더라도 마기(魔氣)에 오염되면 믿을 수 없을 정도로 강력해지고는 했으니까.

하지만 그만큼 큰 흔적을 남긴다.

잔혹한 것도 잔혹한 것이지만, 마공을 수련할 때 만큼

은 어쩔 수 없이 짙은 마기를 방출하지 않을 수 없는 것이다.

"긴가민가했는데 정말인가 보네요."

반쯤은 자기도 왜 따라왔는지 알 수 없었던 사마린이 그리 말했다.

잠시 기감을 개방해 마기를 가늠하던 사마린은 고개를 끄덕였다.

"생기를 잃어서 시취를 풍기고 있지만, 피 냄새를 맡아 보니 그리 오래되지 않았어요. 방향을 보면 녹림도로맹으로 가던 도중에 당한 것 같고."

"마공을 익히기 위해서 죽인 것은 한 사람이고, 다른 사람은 그냥 죽였군요."

"마공이 상당히 깊군. 백은 넘게 죽이고도 남았겠어. 병기는 조(爪)인가? 특이한 병기니 쉽게 찾을 수 있겠는걸."

"익히고 있는 마공이 수공일 수도 있습니다."

반쯤은 유람하는 것처럼 굴던 후기지수들은 시체를 마주하자 바로 서로 이야기를 나누면서 이야기를 구체화시켜 나갔다.

제갈현몽은 시체들을 앞에 두고 낯빛 하나 바꾸지 않은 그들을 보면서 내심 혀를 내둘렀다.

'무림인은 무림인이군.'

일전의 일도 있고, 시체를 보는 것 정도는 이제 아무렇지 않았지만 저 정도로 태연할 자신은 없었다.

그러다가, 문득 제갈현몽은 한쪽으로 시선을 향했다.

어떤 인기척들이 이곳으로 향해 오고 있었다.

"여기다!"

"이 빌어먹을 놈이 다시 나타났단 말이지!?"

성이 잔뜩 난 사내들의 목소리였다.

제갈현몽은 어렵지 않게 그들의 정체를 짐작했다.

'산적들인가?'

아무래도, 이곳에 먼저 도착해 참극을 목격한 사람들은 자신들이 처음이 아닌 모양이었다.

"음. 자리를 피하는 게 어떻습니까?"

"어째서입니까? 저희들이 있으면 괜찮습니다. 아마 녹림도로맹에 몸을 의탁하러 온 산적들일 테니."

비단 조궐만이 아니라 다른 후기지수들도 딱히 대수롭지 않아 하는 모양이었다. 하지만 곧 그들의 안색도 조금 변했다.

"여기다! 여기에 사람이 있다!"

"음. 이제 와서 피하기는 좀 늦었죠?"

"어차피 틀렸어. 포위되었으니까."

"뭐? 언제 이렇게?"

당화령이 당황해서 말했다. 일류고수들이 몇 명인데 산

적들이 이렇게 둘러쌀 때까지 모른단 말인가.

제갈현몽이 담담하게 입을 열었다.

"아마 진작에 이곳으로 넓게 퍼져 오고 있었을 겁니다."

"멀리서부터 이곳을 포위하고 있었겠지."

"포위망을 넓게 펴서 조여 와서 모를 수밖에 없었겠지요."

동시에 말이 겹치자 사마린은 미간을 찌푸렸다.

같은 생각을 하는 사람이 세 사람이나 있으니 편하다고 생각할지도 모르지만, 사마린은 아니었다.

자신의 주목받을 여지가 없어지지 않은가.

"아무튼 한가롭게 이야기할 시간은 없는 것 같네요."

사마린의 말이 끝나기 무섭게 일련의 사내들이 험악한 표정을 한 채로 모습을 드러냈다.

다양한 가죽으로 만들어진 옷에, 봉두난발부터 대머리까지.

말 그대로 야인이 어울리는 자들. 그들이 어느새 주변을 둘러싸고 있었다.

"너희들은 뭐냐! 여기에서 뭘 하고 있는…… 아, 아니."

말을 내뱉던 산적들 가운데에서 가장 선두에 선 사람이 후기지수들을 보더니 눈을 왕방울만 하게 떴다.

"후, 후기지수! 후기지수들이다!"

"무슨 괴물이 나타났다는 것처럼 말하네."

당화령이 그리 말하면서 기세를 흩뿌렸다.

다른 후기지수들도 마찬가지였다. 수위는 떨어지지만 산적 무리가 둘러싸고 있는데 가만히 있을 수는 없는 노릇이었다.

"잠깐. 이게 지금 뭐 하는 거냐?"

조궐과 항곤이 나서서 인상을 일그러트렸다.

"지금 이분들은 녹림도로맹에 방문한 손님들이다. 감히 손님들에게 살기를 흩뿌리다니!"

"흥, 하지만 저들이 범인일 수도 있지 않소! 그게 아니라도 저런 후기지수들이 심심하면 협행이니 뭐니 하면서 산적들을 쳐죽인다는 건 다를 게 없는데 그 살인마랑 뭐가 다르단 말이오?"

산적의 엉망진창 논리에 제갈현몽은 어처구니가 없어졌다.

악행을 저지른 산적을 처단하기 위한 협행과, 살인 그 자체가 목적인 마인이 어떻게 같단 말인가.

후기지수들도 어처구니없는지 코웃음을 쳤다.

하지만 그 누구도 반박을 하지 않았다.

반박할 여지가 없는 것이 아니라, 해 봤자 소용없다고 여겼기 때문이다.

"산적은 산적들인가. 교화라니, 꿈만 같은 이야기로군."

팽악이 씹듯 내뱉는 말에 제갈현몽은 긴 한숨을 내쉬었다.

뭔가 무겁고 축축한 공기가 이 장내를 짓누르고 있었다.

'이상할 정도로 축축하고 어두운 느낌…… 응?'

제갈현몽은 무언가를 눈치챘다.

정말로 이 주변의 공기가 이상할 정도로 탁하고 무거웠던 것이다.

산속 깊숙이 있다고는 여겨지지 않을 정도의 기운. 그리고 감각을 어지르는 미묘한 감각.

'마기(魔氣)?'

처음 느껴 보는 기운이지만, 제갈현몽은 이것이 마기일 것이라고 확신했다.

그 마기가 아주 미세하게 공기 중에 떠돌고 있어, 사람들을 은연중에 자극해 더더욱 예민하게 반응하게 하는 것 같았다.

'하지만 내 주변으로는 못 오는데. 아, 그렇군.'

짚이는 바가 있었다.

제갈현몽은 앞으로 걸음을 내딛었다.

저벅-

"어?"

"형님? 갑자기 앞으로 나가시면……"

일촉즉발의 상황에서 제갈현몽이 움직이자 자연스레 모두의 시선이 모였다.

제갈현몽은 신경 쓰지 않고 마기의 중심에 서서 청령환이 들어 있는 상자를 꺼냈다.

"그건……."

사마린이 상자를 보고 눈을 동그랗게 떴다.

제갈준에게 준 청령환을, 왜 제갈현몽이 들고 있단 말인가.

'약성(藥性)은 조금 소모하겠지만 어쩔 수 없지.'

마기는 제갈현몽을 침범하지 못했다.

청령환의 기운이 향로의 기운과 뒤섞인 채로 제갈현몽을 감싸고 있었기 때문이다.

그렇다면, 이 기운을 이용해 주변의 마기를 몰아낼 수 있지 않을까.

제갈현몽은 마법봉으로 상자를 툭 건드렸다.

마법봉에 깃든 마력이 청령환이 두르고 있던 기운을 자극했다.

후우웅!

마치 파도가 치는 것처럼, 청량한 공기가 주변을 휩쓸었다.

동시에.

깔려 있던 마기가 청량한 공기에 밀려 지워졌다.

"……!"

마기가 흩어져 사라지자 몇몇 기감이 예민한 사람들이 그걸 눈치채고는 놀라 제갈현몽을 바라보았다.

'마기를 몰아내다니?'

정종 무공 중에서도 특히 파사현정에 효능이 있는 무공을 익힌 자가 아니라면 흉내도 낼 수 없는데, 지금 제갈현몽이 그걸 해낸 것이다.

거기에.

"모두 진정해 주십시오."

제갈현몽의 말에는 신비한 울림이 있어서, 잔뜩 흥분해 있던 산적들조차도 제갈현몽을 홀린 듯이 쳐다보았다.

"당신은?"

"저는 제갈현몽이라고 합……."

"제갈무후! 그 제갈공명의 재림이라고 하는!"

"채주님의 장자방 말인가?"

제갈현몽의 표정이 딱딱하게 굳었다.

저놈의 표현을 하도 듣다 보니 이제 귀에 못이 박힐 지경이었다.

'장자방 소리도 이젠 그만 듣고 싶군.'

하지만 그러거나 말거나 산적들은 제멋대로 이야기를 진행시켜 나갔다.

"무후재림께서 후기지수들을 이끌고 그놈을 잡는다!"

"하늘이 우리들을 버리지 않았구나!"

"무후재림! 무후재림! 제갈현몽! 제갈현몽! 녹림도로맹 만세!"

제갈현몽의 얼굴이 붉게 물들었다.

지금 이 순간 제갈현몽이 바라는 것은 하나였다.

'7개의 고리가 있었다면.'

로우론의 경지에 이르러 있다면 당장 화염구를 날려서 저들을 모조리 조용히 만들어 버리고 말았으리라.

"자자, 이럴 게 아니라 산채로 가시지요."

산적들의 말에 문득 제갈현몽의 귓전에 웅 하고 전음이 울렸다.

-저희는 나중에 간다고 해요.

사마린의 전음이었다.

약간 귀가 가렵다고 생각하면서 제갈현몽은 좋게 타일러 산적들을 녹림도로맹에 보내 버리고는 한숨을 길게 내쉬었다.

"후우우."

"고생하셨습니다, 형님."

"뭐 저 사람이 이끄는 후기지수 취급은 좀 마음에 안 들기는 하지만."

당화령이 조금 툴툴거렸다.

하지만 저 상황에서 벗어난 것 때문인지 더 말은 하지

않았다.

고수 아닌 사람이 없는 그들이었지만, 저만한 숫자의 산적이 일거에 덮치면 무사히 빠져나갈 수 있으리라는 보장도 없었으니까.

"그나저나 제갈준 공자에게 준 청령환이 왜 공자에게 있죠? 그리고 방금 전의 그 신비한 술법은 대체 뭐고요?"

사마린의 지적에 후기지수들의 시선이 제갈현몽에게 향했다.

이전 일도 그렇고, 저 신비한 능력을 보면 확실히 범상한 인물이 아니다.

제갈현몽은 제갈준을 바라보았다.

그리고 제갈준은 고개를 끄덕였다.

"가문의 비법이라 말씀드리기 어렵군요."

"가문의 비법이라고요? 하지만 공자는……."

"예. 지금은 제갈세가와 별다른 관계가 없지만 제 선조의 선조는 한때 제갈세가에 속해 있었습니다. 저는 그 후손으로서 여러 기술을 물려받았지요."

"사실입니다."

이 부분은 미리 합의를 거친 사항이었다.

제갈현몽의 마법은 사술로 인식되기가 쉬웠다.

강호에서 사술을 다룬다는 것은 별로 인식이 좋지 않다.

자칫 혹세무민한다고 추살대가 꾸려질 수도 있는 사안이었으니까.

하지만 제갈세가에서 보증한다면 사정은 조금 나았다.

"그러면 지금은 제갈세가의 비전은 아니라는 소리군요."

"……."

사마린은 고개를 끄덕이고는 말했다.

"한 가지, 내기를 하지 않겠어요?"

"내기 말입니까?"

"예. 내기. 누가 더 먼저 마인을 찾는지로 말이에요."

사마린의 말에 제갈현몽은 고개를 갸웃했다.

무림과 별로 관계가 없는 제갈현몽이지만, 마인이 얼마나 위험한 존재인지 모르는 바가 아니었다.

도저히 가볍게 내기의 대상으로 걸 만한 존재는 아닌 것이다.

하지만 사마린은 생각이 조금 다른 것 같았다.

"흔적을 보면 마인은 한 사람이죠. 반면 공을 나눌 사람은 조금 많다고 생각하지 않나요?"

그 말에 후기지수들이 은연중에 고개를 끄덕였다.

이곳에 있는 사람들은 다들 명문대파의 후예들로, 모두 일류고수가 아닌 사람들이 없었다. 아무리 마인이라지만 충분히 감당할 수 있다는 자신감이 있었다.

'게다가 산적 따위를 사냥하면서 돌아다니는 녀석이라

면, 별 대단치 않은 녀석임에 틀림이 없어.'

"물론, 섣부르게 행동할 생각은 없어요. 만약 마인이 생각보다 더 강력한 존재라면 무리해서 쫓을 생각은 없고요. 게다가."

"마인이 어디에 있는지 알 수 없으니 흩어져서 수색하는 것이 더 유리하다고 말씀하시는 거군요."

"……예, 맞아요. 그리고 사실 저는 철화방과 좋지 않은 연이 있어서, 별로 그들과 얼굴을 마주치고 싶지는 않아요."

'그럼 안 찾아왔어도 됐을 텐데.'

제갈현몽은 그렇게 생각했지만 고개를 끄덕였다.

"좋습니다. 그러면 대가는 어떤 걸로 하시겠습니까?"

"공자가 우리들을 여기에 초청한 것은 녹림도로맹의 평판을 좋게 하기 위해서지요? 만약 공자가 이긴다면 사마세가는 철화방에 가진 은원을 잊겠습니다."

"……!"

생각보다 큰 제안이다.

아무리 지리적으로 멀다지만, 거대세가인 사마세가가 작정하고 야료를 부린다면 무림맹을 통해서 얼마든지 영향력을 투사할 수 있는 만큼 더더욱.

제갈준이 미간을 찌푸렸다.

내기에 걸린 보상이 큰 건 꼭 좋은 것만은 아니었다.

반대급부로 더욱 많은 것을 가져갈 수 있기 때문이다.

'게다가 저렇게 제안을 할 정도면 나름대로 확신이 있는 것이 틀림없다.'

이미 어느 정도 내기에서 이길 수 있는 단서를 가지고 있는 것이리라.

"만약에 사마 소저가 승리한다면 어떻게 되는 겁니까?"

"음, 그러면 제갈 공자께서 녹림도로맹에 손을 떼고 술법의 비밀을 밝히는 것은 어떨까요? 특히 저희 가문의 청령환으로 어떤 묘기를 부렸는지가 궁금하군요."

사마린의 제안은 무림인으로 치면 무공을 까발리라는 것이나 다름없는 일이다.

하지만 제갈현몽은 선선히 고개를 끄덕였다.

"좋습니다. 그 제안 받아들이지요."

"……좋아요. 생각보다 선선하시군요."

사마린은 빙긋 미소를 지었다.

'이 승부, 이겼다.'

자신은 이 부근의 지리에 대한 정보를 알고 있을 뿐만 아니라, 추종술을 익힌 수하를 데리고 있었다.

이미 서련화가 흔적을 잡아서 추적하고 있으니, 이미 크게 앞서 나가고 있는 것이나 마찬가지다.

사마린이 그리 생각하고 있는 사이, 제갈현몽은 조궐에게 질문을 던졌다.

7장. 마인 〈21〉

"조귈 님. 혹시 이 근방에 협곡이 하나 있습니까? 어딘지 음산한 기운이 풍기는 곳인데."

"있소. 귀혈곡(鬼穴谷)이라는 곳인데……."

"거기에 있습니다. 가시죠."

"……?!"

제갈현몽의 말에 모두가 귀를 의심했다.

"그게 무슨 소리에요? 갑자기 뜬금없이 그게……."

제갈현몽은 사마린을 잠시 바라보다가 입을 열었다.

"일단 시간이 없으니까 출발하죠. 시간을 지체하다가는 먼저 가신 수하 분이 위험할 수도 있으니까."

"네?!"

사마린의 눈이 더 이상 없을 정도로 커졌다.

'내가 수하를 먼저 보냈다는 걸 어떻게? 아니, 그보다 수하들이 위험하다고? 그건 또 어떻게 안 거지?'

제갈현몽은 마법봉을 들어 머리를 긁적였다.

'이걸 어떻게 꾸민다.'

사실 위치를 안 것은 순전히 우연이었다.

산적들을 진정시키려고 청령환의 약기를 터트렸을 때, 거기에 휩쓸린 것들이 있었다.

다름 아닌 벌레나 뱀 따위의 미물들이었다.

기이한 것은 그 미물들에 마기가 깃들어 있었다는 것이다.

그리고 그 미물의 눈과 귀를 통해 누군가가 이쪽을 보고 있었다.

그것을 깨달은 순간 제갈현몽은 바로 역추적을 걸었다.

그런 것이 있다는 사실도, 가능하다는 사실도 몰랐다.

하지만 그냥 왠지 될 것 같았고, 실제로 가능했다.

그 결과 보인 것이 바로 귀혈곡이었다.

"잠시만요, 그걸 어떻게 아신 거죠?"

사마린이 대번에 의심을 시작했다.

힘들다고 빌빌거리던 사람이 갑자기 현장을 보더니 진상을 모조리 파악한 것처럼 구는데, 위화감을 느끼지 않으면 그게 더 이상하다.

'함정인가? 설마 마인과 한통속인 건?'

제갈현몽은 잠시 생각했다.

가문의 비법 운운하는 건 이제 슬슬 약발이 다할 때가 되었다.

'어차피 조금 정도는 풀어도 괜찮겠지.'

수상쩍은 모습을 몇 번인가 보여 주었으니 조금 정도 푸는 것은 괜찮으리라.

"방금 전 마기를 날려 보냈을 때, 작은 벌레나 동물 따위가 마성을 띠고 있는 것을 확인했습니다. 그 마성을 밀어내면서 일정한 흐름이 있다는 걸 알아냈고, 역추적해 본 결과 귀혈곡으로 이어져 있더군요."

"협곡이라는 것은 어떻게 알았지요?"

'그냥 보여서 그랬는데.'

하지만 그걸 그대로 말했다가는 이상한 사람이 되는 것은 필연일 터.

잠시 사마린을 바라보던 제갈현몽은 이내 천천히 입가를 끌어올렸다.

어딘지 모르게 신비스러운 미소였다.

"아직 내기 중이란 걸 잊으셨는지요."

"……!"

"가시죠. 가서 아무 일도 일어나지 않으면 그때 제 패배를 인정하겠습니다."

제갈현몽의 말에 후기지수들이 홀린 듯이 고개를 끄덕였다.

"그나저나 귀혈곡이라고 했지요. 그곳은 어떤 곳입니까?"

"표행로로 절대 고르지 않는 곳이지."

대답을 한 것은 의외로 임준규였다.

대룡표국의 표사로서 이 주변의 지리를 모조리 꿰고 있으니, 당연했다.

"이십여 년쯤 전인가? 평범한 협곡이었는데 어느 순간부터 안개가 끼기 시작하더니 사람이 절대 나오지 못하는 곳이 되었다. 이유는 알 수 없지만 위험한 곳이 되었지."

"음."

제갈현몽은 그 말을 들으면서 약간의 기시감을 느꼈다.

'미리진? 아니, 설마.'

이십 년 전의 일이다.

"그런 일이 있었습니까? 그런데 왜······."

"몰라. 또 언제부턴가 협곡 초입에 귀혈곡이라는 푯말도 붙었어. 들어오면 생사를 보장할 수 없다는 말과 함께. 그래서 사람들은 푯말을 박은 자를 귀곡자(鬼谷子)라고 부르더군."

"그렇군요."

제갈현몽은 고개를 끄덕이고는 더 묻지 않았다.

슬슬 피로감 때문에 전신이 물 먹은 솜처럼 변해 가는 것 같았다.

잠시 그렇게 정체 모를 침묵이 지켜지다가, 사마린이 기침을 시작했다.

"콜록, 콜록."

"사마 소저. 괜찮으십니까?"

"괜찮아요."

사마린은 손을 내저었다.

지만 안색은 조금 더 파리해져 있었고, 미간도 찌푸려져 있었다.

"조금 쉬었다 가지. 우리도 슬슬 지치는군. 이 상태로 마인과 상대하는 것은 상책은 아니야."

가장 연장자인 팽악의 말에 다들 고개를 끄덕였다.

하지만 자리에 앉아 쉬기 시작했음에도 불구하고 사마린의 안색은 펴지지 않았다.

그 모습에 제갈현몽이 자리에서 일어나 사마린에게 다가갔다.

"……뭐죠?"

"이거 받으시지요."

제갈현몽이 건넨 것은 청령환이었다.

그 청령환을 담은 상자에서부터 청량한 기운이 흘러나오고 있었다.

"그걸, 왜 저한테?"

"걱정이 되니까요."

"하!"

사마린은 코웃음을 쳤다.

'어설픈 수작으로 호감을 사려고?'

"마인과 싸울 때 지장이 생기면 안 되지 않습니까. 저는 못 싸우니까 소저가 싸워야 합니다."

"……."

사마린이 괴이한 눈동자로 제갈현몽을 바라보았다.

설마 자신에게 그런 말을 하는 사람이 있으리라고는 생각해 본 적이 없었으니까.

"아니, 당신. 그게."

"설마 안 받을 테니까 대신 싸우라는 말이라면 듣지 않겠습니다. 그리고 빌려주는 거니까 나중에 돌려주십시오. 연구하고 싶으니까."

제갈현몽은 그렇게 말하면서 청령환을 억지로 건네주었고, 그것을 받은 사마린이 청령환과 제갈현몽을 번갈아 쳐다보았다.

"자, 잠깐!"

"저도 이제 좀 쉬어야 할 것 같습니다."

아닌 게 아니라 몸이 물 먹은 솜처럼 무겁다.

안 그래도 녹림도로맹으로 오느라 꽤나 고생을 했는데, 도착하자마자 바로 마인의 흔적을 찾으러 움직이지 않았나.

하지만 사마린은 쉽게 제갈현몽을 쉬게 내버려 두지 않았다.

"왜 우리가 먼저 수하를 보냈다는 것을 안 거죠? 그리고 수하가 왜 위험하다는 거고?"

"아, 그건."

생각해 보니까 설명을 해 주지는 않았다.

"그야 지체 높으신 여러분들이 그냥 움직이지는 않을 테니까요. 수하 한 분을 대동하지 않았습니까? 당연히 현장에 미리 보내 두었으리라 생각했습니다."

"……!"

"확신을 한 것은 사마 소저께서 내기를 제안하실 때였습니다. 특별한 노림수가 없으면 내기를 걸지 않을 테니, 무언가 확신이 있다 생각했습니다. 선제(先制)라면 충분한 이득이니 그게 아닐까 싶었지요."

"그, 그런 증좌 하나도 없는 빈약한 이야기를 그렇게 당당하게 이야기한 거야?"

옆에서 듣던 당화린이 황당하다는 듯이 내뱉었지만, 제갈현몽은 어깨를 으쓱일 뿐이었다.

"뭐 어떻습니까. 틀렸다면 말씀을 하셨겠지요?"

"……당신, 사기꾼 아니에요?"

적당히 넘겨짚어 놓고서는 반박이 없으니 그대로 확신했다는 말 아닌가.

사마린이 질렸다는 표정을 지었다.

"좋아요, 그건 인정하지요. 확실히 저희는 동행을 결심한 순간 수하들을 먼저 보내서 마인을 수색하도록 시켰어요. 그런데 그들이 위험하다는 것은 어떻게 아셨지요?"

"마인이 혼자나 소수라고 알고 있을 테니까요."

"그야 그렇지요. 아닌가요? 일을 저지른 규모나 무위를 볼 때 마인의 수는 결코 많지 않아요."

"예. 하지만 마공으로 미물들을 다루고 있습니다. 그 미물 가운데 독충이 있다면 어떻습니까?"

"말도 안 되는 소리!"

당화령이 인상을 찌푸리면서 말했다.

"방금 전의 살해 현장엔 그런 흔적 따위는 없었어. 독에 당했다면 당연히 그 흔적을 내가 볼 수 있었겠지."

"갈기갈기 찢겨진 시체에서 말입니까?"

"……."

"그리고 독기가 쌓였을 내장이 사라졌는데 아무리 당 소저께서 독의 전문가라고 해도 검시를 하지 않는 한 금방 알아내기는 어려울 거라 생각합니다."

"으음."

당화령은 얼굴을 붉혔지만 반박하지 못했다.

그 말대로였던 것이다.

"역시! 우리 무후…… 우욱!?"

조궐은 누구보다 빠르게 항곤의 옆구리를 찔렀다. 그리고는 제갈현몽에게 가볍게 포권했다.

말은 안 했지만 제갈현몽이 후기지수들에게 한 방 먹인 게 무척이나 기꺼웠던 것이다.

"그럼 서둘러야겠군요. 슬슬 움직이지요. 제갈 선생은 이제부터 제가 업겠습니다."

제갈현몽은 고개를 끄덕였다.

추적을 위해서 말도 두고 온 상태였기에 더욱 절실한 제안이었다.

그리고 얼마 후.

사마린이 표정이 굳었다.

"잠시만요."

청령환 때문인지, 아까 전보다 기침이 잦아들었던 사마린이었지만, 어떤 표식을 보자마자 방금 전 심하게 기침을 할 때보다 안색이 안 좋아졌다.

"왜 그러십니까, 사마 소저?"

"……저 사람의 말이 맞았어요."

사마세가에서는 세가 사람들만이 알아볼 수 있는 여러 가지 표식을 사용한다.

가령, 산속에서는 나뭇가지를 어떤 방향으로 부러트리는 식으로 의미를 전달하기도 한다.

그리고 지금, 사마린이 발견한 표식은 예상치 못한 위험이 닥쳤다는 뜻이었다.

"지, 지금! 저희 수하들이 위기에 빠졌어요!"

"이런! 어서 다른 흔적을 찾읍시다!"

후기지수들이 서둘러 흔적을 살피기 시작했다.

그 모습을 보면서 제갈현몽은 차분하게 마력의 술식을 짜 올렸다.

안 그래도 방금 전, 즉석에서 마기를 감지하는 술식을 만들어 둔 상태였다.

딱히 무(無)에서부터 만든 것은 아니었다.

알렌이 마탑에서 배운 기초 술식 중 하나.

'탐지 마법.'

마력은 아무리 희미한 마기의 흔적이라도 포착하는 것이 가능했다.

그리고 탐지 마법을 응용해 제갈현몽은 그 감각을 자신의 시야에 연결했다. 그러자 마기의 흐름이 제갈현몽의 시야 위로 구현화되었다.

마치 검은 연기처럼 보이는 것이 마기의 잔향이었다.

그것이 한쪽으로 주욱 이어지고 있었다.

"저쪽입니다."

"무슨……?"

추종술을 발휘해 흔적을 찾던 후기지수들은 갑작스러운 지시에 의아해했지만.

조궐은 바로 움직였다.

제갈현몽의 신비한 술수를 몇 번이나 봐 온 그로서는 의심하는 시간도 아까웠기 때문이다.

조궐이 따르자 일단 후기지수들도 움직이기 시작했고, 이내 볼 수 있었다.

'구름?'

순간 그렇게 생각했지만, 곧 아니라는 것을 깨달았다. 구름이라고 생각한 것은 다름 아닌 모기 떼였다.

그 광경을 본 사람들이 소리 없이 질겁했다.

모기뿐만이 아니었다.

작은 전갈이니 뱀 따위의 독을 지닌 독물들이 주변을 가득 채우고 있었다.

하나 쉽사리 동굴 안쪽으로는 들어가지 못하는 모양새였는데, 동굴 앞에서 횃불을 든 여인이 진입을 저지하고 있었다.

-련화! 괜찮아?

"아가씨!? 위험합니다. 물러나세요! 저 모기 하나하나가 모두 다 독충이에요! 큭!"

안색이 좋지 않았다. 당화령이 그 낯빛을 보고는 싸늘하게 말했다.

"중독됐어. 벌써 몇 번 물린 것 같은데. 게다가."

독물들이 불길에도 아랑곳하지 않고 진입하려다 불타 죽으면서 매캐한 독연을 뿜어내고 있었다.

그 독연이 빨려 들어가는 곳은 다른 아닌 동굴 속.

독물들의 접근을 방해하기 위해 불을 피웠지만, 결과적으로 하책이 되어 버린 셈이었다.

'어떡하지?'

사마린이 입술을 짓씹었다.

차라리 커다란 짐승이면 모를까, 저런 작은 벌레들 하나하나를 처리할 만한 수단이 마땅치 않았다.

자칫하면 자신들도 중독될 수 있었고, 그러면 상황이

더더욱 악화되리라.

'어떡해야……!'

"사마 소저."

그때, 제갈현몽이 사마린을 불렀다.

어느새 조궐의 등에서 내려온 제갈현몽이 손을 내밀고 있었다.

"아까 드렸던 청령환, 돌려주십시오."

"갑자기 그건 왜……."

"어서!"

제갈현몽의 호통에 사마린은 자기도 모르게 청령환을 건네주었다.

그것을 받아 든 제갈현몽은 인상을 찌푸렸다.

'아직 연구가 덜 됐는데, 아쉽군.'

하지만 지금은 인명이 달린 일이니 그런 걸 따질 때가 아니었다.

검지와 중지를 모아 그 위에 청령환을 올리고, 엄지를 손톱 위에 올렸다.

마력을 청령환에 두르고, 일전에 보았던 것을 떠올렸다.

당화령이 은편을 떼어 던져 주었던 그때의 일을.

그 손짓, 그 궤적.

아직도 선명히 기억난다.

'할 수 있겠지?'

솔직히 자신은 없었다. 머리로 이해하는 것과 몸으로 체현하는 것은 다른 일이었으니까.

하지만 근거 없는 자신감이 있었다.

'왠지 될 것 같다.'

제갈현몽은 지체 없이 청령환을 퉁겼다.

투웅—!

"잠깐, 너 그건……!"

파공성과 함께 날아가는 청령환의 모습을 본 당화령이 경악성을 내뱉었다.

'내 암기술이잖아? 하지만 내공 없이 저 멀리까지 던질 수는 없을 텐데?'

당화령의 예상과 달리, 쭉 날아간 청령환은 어느새 독물들의 사이까지 파고들었다.

단순히 퉁겨 낸 것만이 아니라, 마탄을 휘감고 있었기에 가능한 일.

그리고 마탄을 두른 건, 단순히 멀리 던져 보내기 위함만은 아니었다.

청령환이 적당한 거리에 접어들자, 제갈현몽은 눈을 빛내며 미리 마탄에 새겨 둔 술식을 발동시켰다.

'지금!'

청령환이 폭발하면서 거기에 휩쓸린 미물들이 동시에

터져 나갔다.

향로의 맑고 정순한 기운을 잔뜩 축적하고 있던 청령환이었으니 당연한 일이었다.

마기와 청령환의 기운이 반응하면서 충돌이 일어났고, 모기는 그 충격을 버텨 내지 못했다.

"!"

구름 같던 모기들이 삽시간에 모두 터져 죽어 버리자, 후기지수들의 눈에 놀라움이 깃들었다.

마치 대종사의 반열에 오른 내가고수의 기공(氣功)과도 같은 광경이었으니까.

그 광경에 놀라 묻기 전에 제갈현몽이 외쳤다.

"아직입니다! 아직 뱀 따위는 남아 있습니다!"

"그, 그래!"

모기 구름은 해소되었지만, 조금 큰 체구를 가진 독충이나 뱀 따위는 여전히 남아 있었다.

"흥, 모기라면 모르지만 저 정도라면 쉽지!"

과연 어렵지 않게 나머지 독충을 몰아내자, 그제야 긴장이 풀렸는지 서련화가 비틀거리면서 주저앉았다.

"화아! 괜찮아?"

"다가오지 마세요! 지금 저는 중독됐습니다. 가까이 오셨다가는 아가씨도……."

사마린은 입술을 짓씹고는 서련화의 말을 무시하고 다

가갔다.

"내가 그런 걸 무서워할 거라 생각해?"

"……다가오지 말라니까요. 몸도 안 좋으신 분이."

"이미 늦었어. 그런 것보다 다른 사람들은? 저 동굴 안에 있어?"

서련화는 고개를 끄덕였다.

마인의 흔적을 찾아 귀혈곡 근처까지 온 것은 좋았다.

하지만 예상치 못한 독물들의 습격을 받아 많은 사람이 중독되어 버렸고, 그런 그들을 데리고 도망치다가 당도한 곳이 바로 이 굴혈이었다.

'설마 독물들이 스스로 불에 몸을 던져 독연을 만들 줄은 생각도 못했지만.'

그 독연이 지금 동굴 안을 자욱하게 메우고 있었다.

"화린아."

사마린이 이중에서는 가장 독의 전문가인 당화령을 바라보았다.

당화령은 난처한 표정을 지었다.

아무리 자신이 독에 대해서 잘 알고 내성을 갖추기는 했지만, 모든 상황에서 만능일 수는 없었다.

"워낙 여러가지 독이 많이 섞였어요. 섣불리 진입하기에는 위험해요. 바람이라도 불지 않는 한……."

일단 독연을 물리적으로 배출하는 것이 필요했다.

하지만 바람이라는 것이 어디 사람 뜻대로 불어 주는 게 아니잖나.

'바람이라고.'

한 사람을 제외한다면 그랬다.

제갈현몽은 마법봉을 들었다.

방금 전 청령환의 약성을 터트리기는 했지만 딱히 자신의 마력을 소비한 것이 아니라 그럭저럭 마력은 많이 남아 있었다.

손을 까딱해 마법봉을 흔들자 바람이 그들을 휘감았다.

동시에 제갈현몽은 미간을 찌푸렸다

'생각보다 더 힘들군……!'

독연이 생각보다 넓고 깊게 퍼져 있다 보니 마력으로 만든 바람을 투사하는 게 생각처럼 만만한 일이 아니었다.

하지만 당화령은 그것만으로 충분한 것 같았다.

"이 정도면 됐어! 서 언니, 안에 몇 명이나 있어요?"

"대강 다섯 정도…….."

"그 정도면 데려올 수 있어."

이내 후기지수들이 숨을 참고 안에 들어가 있던 사람들을 구출해 왔다.

그중에서도 단연코 돋보이는 것은 팽악으로, 체구에 걸

맞게 한 번에 두 명의 사람을 짊어지고 나오는 기염을 토했다.

다행히 안에 들어가 있는 사람들 가운데 목숨이 위험한 이는 없었다.

하지만 목숨을 부지했다 뿐이지 상태가 좋다는 이야기는 아니었다.

상태를 확인한 사마린은 결단했다.

"내기는 저의 패배군요."

"!!?"

자존심 드높은 사마린이 쉽사리 패배를 인정하자 다들 눈을 크게 뜨며 사마린을 바라보았다.

그 이유를 짐작했기에 사마린은 약간의 한숨과 함께 입을 열었다.

"수하를 먼저 보낸 것도 알았고, 그 수하가 위기에 처한 것도 안 데다 위기에서 구해 주기까지 했으니 염치가 있다면 패배를 인정해야겠지요. 게다가 제갈현몽 공자께서 없으셨더라면 피해는 걷잡을 수 없었겠죠."

아닌 게 아니라 다른 미물들이야 적당히 대처를 한다고 해도, 모기 떼는 검풍이나 권풍 같이 경기(勁氣)를 담아 떨쳐 낸다고 해도 전부 처리하기에는 어려웠으니까.

뒤늦게나마 상황을 이해한 사람들이 제갈현몽에게 눈짓하면서 고마움을 표했다.

"그리고 염치없지만, 저희들을 녹림도로맹에서 잠시 보호해 줄 수 있을까요? 정양이 필요할 것 같습니다."

"걱정하지 마십시오. 녹림도로맹에서 머무는 동안, 조금의 부족함도 없이 지낼 수 있도록 하겠습니다!"

조궐은 그리 말하면서 내심 혀를 내둘렀다.

'설마 여기까지 내다보신 건가?'

명문정파의 후기지수쯤 되면 아무 곳에서묵지 않는다.

아무리 긴급한 사정이라도 사파나 마두의 거처에 들어가는 후기지수는 없다.

그런 점에서 볼때 후기지수들이 스스로 보호를 부탁했다는 것만으로도 녹림도로맹의 평판은 크게 올라갈 것임이 틀림없었다.

조궐은 순간 느껴지는 한기에 몸을 부르르 떨었다.

저기에서 태연한 얼굴로 상황을 지켜보고 있는 제갈현몽에게서 느낀 한기였다.

'말 그대로 귀신의 지모로다……!'

조궐이 바라보고 있는 사이 제갈현몽은 멍하니 생각에 잠겨 있었다.

'미물들을 사로잡고 제어할 수 있는 술법도 있었군.'

흔히 재담꾼들이 말하는 강호의 이야기에서는 섭혼술에 관한 이야기도 나온다.

하지만 그런 재담꾼들이 말하는 강호의 이야기는 크게

부풀려진 면이 있어서, 실제로 다른 사람의 혼백을 부리는 술법 따위는 존재하지 않는다고 알고 있었다.

'물론 길들이기에 따라 소동물 정도는 교육이 가능하지만.'

모기 떼를 교육시켜서 제뜻대로 다룬다는 것은 사실상 불가능한 일이다.

무언가 기기괴괴한 사술을 부리는 것이 아니라면.

'사술이라.'

제갈현몽은 어떤 불길함을 느꼈다.

아직 뭐라 형언하지는 못했지만, 분명 무시할 수 없는 어떤 직감.

"그럼 녹림도로맹에 갈 사람을 제외하고는 바로 마두를 잡으러 가시지요."

"네?"

제갈현몽의 말을 들은 사마린이 고개를 홱 돌렸다.

'내가 지금 잘못 들었나?'

지금 이 상황에서 마두를 잡으러 가자는 건 큰 위험 부담을 가진다.

마인의 무공 여하를 떠나서 기이한 술수를 부리고 있다는 것을 알고 있으니, 위험도가 이전보다 더 크게 올라 있는 상태인 것이다.

게다가 사마린이 내기에서 패배를 인정하고 녹림도로

맹에 몸을 의탁해야 하는 상황이 왔으니, 제갈현몽으로선 얻고 싶었던 결과를 모두 이룬 것 아니겠는가.

이런 상황에서 마두를 잡으러 가자고 하는 것은 득보다 실이 큰 일이었다.

"위험하지 않겠어요?"

"하지만 지금 가지 않으면 마두를 놓칠 겁니다. 아무리 마두라고 해도 산적이 아니라 후기지수들이 상대라면 꺼려 할 만하지요."

물론 후기지수 그 자체보다는 그 뒤에 있을 거대 세가나 무림맹을 두려워하는 것에 가까울 것이다.

"만약, 지금 잡지 못하면 당분간 마두를 자유롭게 하겠지요. 그 과정에서 무고한 피가 흐를 수도 있습니다."

"!"

제갈현몽의 의기 넘치는 말에 다들 놀랐다.

그리고 임준규는 제갈현몽이 뭔가 잘못 먹었는지를 진정으로 의심했다.

'저놈이 저런 놈이 아닌데?'

그가 알고 있는 제갈현몽은 불의를 보고 잘 참고 넘어가는 축에 속했으니까.

"괜찮겠습니까? 마두가 어떤 술수를 부릴지 모르는데."

"마두의 사술은 제가 막을 수 있을 것 같습니다. 그리고 제 생각이지만 마두는 지금 약해진 상태일 겁니다. 그리고 최악의 경우에도 발을 붙들고 있을 테니, 그 사이 마 방주님을 모시고 와 주시면 감사드리겠습니다. 어디로 오면 되는지는 제가 말씀드리겠습니다."

정신을 억압해 제 뜻대로 부리고 있던 미물들이 한순간에 터져 나갔다.

술식의 구조상 반동이 있을 수 밖에 없다.

후기지수들이 미심쩍은 표정을 짓자, 제갈현몽은 어깨를 으쓱했다.

"딱히 내키지 않는다면야 저도 관두겠습니다만…… 마두를 놓쳐도 괜찮은 겁니까?"

"저는 가겠습니다."

제갈준이 손을 들고 앞으로 나섰다.

"그럼 나도 가지. 친구가 형님으로 모시는 사람이니, 믿을 수 있다."

의리 두터운 팽악까지 합류했다.

하지만 딱 거기까지였다. 더 나서는 사람은 없었다.

사마린은 아끼는 수하를 돌보기 위해, 당화령은 독에 중독된 사람들을 치료하기 위해 녹림도로맹으로 가야 했다.

그리고 다른 후기지수들은 제갈현몽을 딱히 미더워하지 않거나 애초에 목적이 마두가 아니라 사마린이나 당화령이었던 이들이었다.

"그러면 저, 준 동생, 팽악 소협에 항곤 님과 임 표사님이로군요."

"나?"

임준규의 눈이 찢어질 듯 커졌다.

아니, 갈거면 혼자 갈 것이지 왜 자기를 끌어들인단 말인가!

그러자 제갈현몽은 도리어 무슨 말을 하냐는 듯 대꾸했다.

"아니, 저번에 그러지 않으셨습니까? 호위해 줄 사람이 필요하지 않냐고. 설마 저번에 자신이 한 말을 잊어버리셨습니까?"

"야, 치사하게 예전에 한 말을 가지고 그러는 게 어딨어."

축 늘어진 임준규의 어깨를 항곤이 탁탁 두들겼다.

"하하, 걱정 마시오 임 소주! 이 항곤이 무슨 일이 있어도 지켜 드릴 테이니!"

"소주가 아니라 표사입니다, 항곤 님."

"아, 그랬지. 아무튼 걱정 마시오!"

"걱정이 될 것만 같은데……."

그러는 사이, 당화령은 제갈현몽에게 손짓했다.

"야, 너 잠깐 와 봐."

"싫습니다. 서둘러야 하지 않습니까?"

당화령은 암기를 꺼내들었다.

제갈현몽은 재빨리 당화령에게 걸어갔다.

"무슨 고견이 있습니까?"

"……아무튼 좀 더 가까이 와 봐."

그 이상 가까워지면 아무리 제갈현몽의 술식 구축이 빨라도 위험하다.

제갈현몽의 발이 멈추었다.

"남녀칠세부동석이라 했습니다. 유학을 배운 몸으로서……."

당화령은 한숨을 쉬더니 벼락같이 몸을 날려 제갈현몽의 귀를 잡아당겼다.

'빠르다!'

제갈현몽도 켕기는 게 있어서 대비하고 있었지만 확실히 무인은 다를 수 밖에 없었다.

"야, 너 아까 내 암기술 훔쳐 썼지."

"……."

천하의 제갈현몽도 여기에는 말문이 막혔다.

"뭐, 그거 따지려고 한 건 아니고."

애초에 귀를 잡아당긴 것도 묘하게 제갈현몽이 얄미워서 그런 거였다.

귀를 놓아 준 당화령이 적당히 품에서 뭔가를 던져 줬다.

"이건 독환이고, 이건 쓸 만한 암기야. 아까 네가 했던 것처럼 던지면 되니까 어떻게 쓸지 걱정 안 해도 되고."

"제게 이런 걸 줘도 됩니까?"

"방금 전에 네 덕분에 목숨을 구한 사람 중에는 내 하인도 있거든. 그 목숨 값이라고 생각해. 그리고 무공도 모르는 놈이니 이 정도는 필요할 거 아냐."

사천당가는 은원에 충실한 문파였다.

그것을 떠올리자마자 제갈현몽은 당화령에게 물었다.

"혹시 독 가루는 없습니까? 독하면 독할수록 좋습니다."

"……너 혹시 뻔뻔하다는 소리 안 듣고 사냐?"

"네."

임준규가 제갈현몽을 한 대 치고 싶다는 표정으로 바라보았다.

"독가루는 안 돼. 위험해."

당화령은 질색을 했다.

절대로 넘겨줄 수 없었다.

"당가의 비전이라 그렇습니까?"

"아니, 뭐 그것도 그렇지만 그보다는 다른 이유가 더 커."

"음."

제갈현몽은 잠시 생각에 잠겼다가 말했다.

"혹시 아군에게 피해를 줄 수 있어서 그런 겁니까?"
"그래."
당화령은 고개를 끄덕였다.

재담꾼의 이야기를 듣다 보면 흔히 당가의 무인들을 상대하다가 자기도 눈치채지 못한 사이에 중독되었음을 느끼는 장면이 나오곤 한다.

실제로는 그리 쉬운 것은 아니다. 바람이 정말 적절하게 불어야 하는 것이다.

"애초에 독가루는 하독(下毒)을 위해서 들고 다니는 게 아니야. 즉석에서 조합해서 필요한 독환(毒丸)을 만들기 위해서 들고 다니는 거지. 뭐 진짜 위험할 때는 주머니째로 던져 버리는 일도 있기는 하지만, 터지면서 어떤 일이 일어날지 몰라."

제갈현몽은 고개를 끄덕였다.

일류고수쯤 되면 어떤 방식으로든 경풍(勁風)을 발할 수 있긴 하다.

주먹을 내질렀을 때의 권풍이라든가, 장풍과 같이 바람에 경력을 섞는 것이다.

하지만 바람을 인위적으로 제어한다는 것은 불가능하다.

"만약 저는 가능하다고 말씀드린다면……."
"뭐라 했냐, 지금."

당화령이 인상을 팍 찡그렸다.

그래도 은원이 있는 만큼 호의적으로 대해 주고 있는데, 지금 제갈현몽의 말은 대놓고 자신의 하독술이 당가보다 뛰어나다고 말하는 거 아닌가?

'이런.'

제갈현몽은 속으로 혀를 찼다.

아무래도 무림인이 아니다 보니 어떤 부분이 무인의 역린에 해당하는지 알 수 없었다.

보아하니 그동안 생긴 호감도가 깎여 나갈 듯하자, 제갈현몽은 서둘러 말했다.

"왼쪽 귀밑머리."

마법봉을 까딱이자 한 줄기 바람이 당화령의 왼쪽 귀밑머리를 흔들었다.

"!?"

"그 다음은 오른쪽 어깨."

서늘한 한 줄기 바람이 당화령의 어깨를 팡 치고 지나갔다.

결코 대단한 위력은 아니었다.

오히려 집중하지 않았다면 느끼지도 못했을 정도의 산들바람 같은 느낌.

당화령은 부르르 떨었다.

'뭐야, 이놈.'

소름이 오소소 돋았다.

위력이 강하지 않다는 것이 오히려 더 대단하다.

산들바람을 의식하면서 싸우는 사람은 없다. 그 말은 즉, 그 누구에게도 들키지 않을 정도로 은밀하게 하독할 수 있다는 말 아니겠는가.

"너…… 이거 대체……."

당화령의 눈이 가늘어지자, 제갈현몽은 아련하게 하늘을 올려다보며 입을 열었다.

"과거, 선조께서는 동남풍을 불러온 적이 있었습니다."

"선조? ……무후님 말이야?"

당화령이 당황해했다.

적벽대전 당시, 제갈량이 화공을 위해 바람을 불러왔다는 것은 너무도 유명한 일화가 아니던가.

옆에서 듣던 사마린이 무슨 개소리를 하냐는 듯 입을 열었다.

"그거 그냥 설화 속 이야기잖아요?"

"사마 소저께서 직접 보셨습니까?"

"아니, 사서에서는 그렇게 적혀 있었고 그냥 이야기에서만 나오는 이야기라고……."

"제 가문에서는 그리 가르치고 있었습니다."

그 말에 사마린이 의구심 가득한 눈초리로 제갈준을 바라보았고.

제갈준은 보기 드물게 당황했다.

제갈세가에서는 어느 쪽이냐면 정사를 지지했다.

소설이나 민담 설화 속에서 나오는 제갈공명의 이야기는 철저한 검증을 통해 진위 여부를 가리기도 하는 가문의 조직이 있을 정도였으니까.

'하지만 형님은 술종의 말예이니만큼 우리가 모르는 비사를 알고 있을 수도 있다.'

제갈준이 긍정도 부정도 하지 않자 당화령이 물었다.

"그럼 정말 바람을 불러일으킬 수 있다는 건가?"

"예. 아직 실력이 일천해서 선조님처럼 커다란 바람을 불러일으킬 수는 없지만 이런 것 정도라면 얼마든지 가능합니다. 그러니, 독가루를 빌릴 수 있겠습니까?

제갈현몽도 이렇게 억지를 부리는 이유는 있었다.

'솔직히 지금 상태로 마인에게 간다는 건 자살행위나 다름없지.'

아무리 몸을 지켜 줄 사람들이 있다고 해도 언제 어떤 일이 벌어질지는 아무도 모르는 것이 아닌가.

당화령은 고민하다가 입을 열었다.

"그거, 혹시 나도 할 수 있어?"

"으음."

"나도 그거 하는 방법 가르쳐 주면 얼마든지 줄게."

제갈현몽은 난감한 표정을 지었다.

그 표정을 보고 당화령은 쓴웃음을 지었다.

"뭐, 해 본 말이야. 너에게도 비전일 테니 이런 걸로 넘겨 달라고 하는 건 선 넘었지. 잊어버려."

당화령은 그렇게 말하더니 품에서 독 주머니 몇 개를 꺼냈다.

"이건 마비산이고, 이건 한 호흡이라도 마시게 되면 바로 피가 굳는 경혈산혼산(硬血散魂霰)이야. 사슴 가죽으로 만든 주머니로 싸서 웬만하면 괜찮은데, 그래도 격렬하게 움직이면 터질 수 있으니까 조심하고. 혹시 수투도 필요해?"

"으음."

당화령이 잘 대해 주자 제갈현몽은 조금 미안해졌다.

"비전이라서 못 알려 드리는 건 아닙니다. 몸 성히 돌아오게 되면 당 소저도 쓸 수 있는 방법이 있을지 한번 생각해 보겠습니다."

"진짜야?"

"예. 이만큼 받아 놓고서 어찌 입을 싹 닫겠습니까."

"흐음. 이러고 나중에 해 보니까 안 된다고 하는 건 아니지?"

"아뇨, 그럴 수도 있는데요."

당화령의 표정이 미묘해졌다.

아무리 사실이라고는 해도 자신의 눈 앞에서 이렇게 대

놓고 말하는 사람이 그리 많지 않았던 것이다.

그러거나 말거나. 제갈현몽은 독주머니를 챙기고는 가볍게 읍했다.

"감사합니다. 그러면 이제 준비는 어느 정도 된 것 같으니 가시죠."

제갈현몽은 그리 말하면서 몸을 돌렸다.

그리고 괴이한 시선으로 자신을 바라보는 사람들을 보고 의아해했다.

"왜 그러십니까?"

"아니. 그게."

제갈준조차도 할 말을 잃었다.

당사자들은 어떨지 모르지만 제삼자의 입장에서 볼 때는 당화령을 순식간에 구워삶아 버리는 모습이 꼭……

'사기꾼 같군.'

[준. 네가 이번에 형님으로 모시는 분, 조금 괴인(怪人)의 기질이 있는 것 같군.]

팽악의 말에 제갈준은 대꾸를 하지 못했다.

"그나저나, 정말 괜찮은 거 맞나? 귀혈곡은 위험한 곳이야. 게다가 그곳에 마두가 머물고 있다면 어떤 함정을 깔아 놓았을지도 모르는 일이고. 뭣보다 마두의 실력이 어떨지도 모르는 거 아냐?"

"아, 그런 거라면 괜찮을 겁니다."

제갈현몽은 그리 대꾸했다.
"지금이라면 상당한 타격을 입은 상태일 테니까요."

* * *

"커헉!"
갈사량은 속에서 올라오는 핏물을 게워 냈다.
전신의 경혈이 짜릿짜릿한 느낌이다.
'이런 빌어먹을! 도대체 무슨 일이 일어난 거란 말이냐.'
자신이 아주 오랜 시간 동안 마기를 불어넣으면서 만들어 낸 독물들이다.
특히 자신작이 독모기들이었다. 안개처럼 퍼져서 달려드는 독모기를 전부 다 없애 버리는 것은 불가능한 일이다.
크기가 작다 보니 독의 양은 보잘것 없지만, 수가 많기 때문에 계속 물리다 보면 무시할 수 없게 된다.
그러면 다른 독물들을 이용해 마무리를 한다.
산적들을 이용해서 시험해 본 일이었지만, 이것을 잘 이용한다면 고수들조차 상대할 수 있으리라는 확신이 있었다.
그런데 그것이 무슨 일 때문인지 일거에 터져 나가면서 그 반동이 자신에게까지 미쳤다.

주화입마는 간신히 벗어나기는 했다만, 그 덕분에 절정의 벽을 깨트리지 못했다.

'분명 중간까지는 괜찮았거늘 왜 이렇게 됐단 말인가.'

산적들을 이용해 마공을 연공한다는 것은 지금 생각해도 괜찮은 생각이다.

자신이 익히고 있는 흑수마령조(黑獸魔靈爪)는 다른 마공과 달리 귀찮게 동남동녀를 제물로 바칠 필요가 없고, 그냥 인간의 내장을 알맞게 뜯어먹기만 하면 되니 딱히 소재를 가릴 필요는 없다.

게다가 널린 게 산적들이니, 자신에게 추격이 오는 것은 한참 뒤의 일이라고 여겼다.

감히 산적 따위가 무림맹에 읍소할 수 있는 것도 아니었으니까.

하지만 중간에 갑자기 녹림도로맹이라는 웃기지도 않은 놈들이 나타나더니, 산적들을 규합하기 시작하고 거기에 후기지수들까지 나타났다.

이 정도가 되면 아무리 연공 도중이라고 해도 몸을 빼낼 수 밖에 없었다.

'이번 기회를 놓치면 당분간은 절정을 깨트리는 것은 어렵겠지만……하는 수 없다.'

갈사량은 이를 으득 악물었다.

그러던 그의 영안(靈眼)에 무언가가 보였다.

일련의 무리들이 이곳 귀혈곡으로 오고 있는 모습이었다.

갈사량은 미소를 지었다.

'멍청한 놈들.'

후기지수들이라 그런지 아직 자신의 역량을 제대로 파악하지 못하고 있는 게 분명했다.

아무리 내상을 입었더라도 자신은 절정의 벽을 두드리고 있는 고수이고, 저들은 기껏해야 일류 초입 정도의 녀석들.

게다가 아직 독물들은 많이 남아 있다.

무엇보다도…….

'이 귀혈곡에 자진해서 오다니.'

귀혈곡은 갈사량조차도 방심하면 길을 잃을 정도로 기이한 곳이었다.

갈사량이 다루고 있는 수많은 독물들이 아니었더라면 그도 이런 곳에 본거지를 잡을 생각을 하지 않았으리라.

거기에다가 지금 귀혈곡에는 갈사량이 각종 함정을 깔아 둔 상태.

젊은 혈기만 믿고 들어온 놈들이 귀혈곡에서 헤매다 죽어 나갈 모습을 생각하니 기분이 조금 나아졌다.

갈사량의 눈에 혈광이 번뜩였다.

'오냐, 갈때는 가더라도 저놈들의 내장으로 연공을 마

무리하고 가면 되겠구나.'
 그리고 잠시 후.
 갈사량은 어처구니가 없어져서 툭 내뱉었다.
 "뭐야, 저놈들은."
 놈들이 귀혈곡을 무인지경으로 돌파해 오고 있었다.

* * *

 귀곡성이 울려 퍼지고 있었다.
 바람이 좁은 협곡을 통과하면서 나는 소리였지만, 임준규는 그 소리가 마치 귀신의 소리처럼 들렸다.
 뿐이랴, 알 수 없는 한기 때문에 본래라면 천하명관이었을 협곡이 어딘지 모르게 스산하고 어두운 듯한 느낌이 들었다.
 언뜻 보이는 나무들은 안개 때문인지 햇볕을 받지 못해 전부 다 죽어 있었다.
 시선을 돌리자 빨간 주사로 쓰여진 것 같은 푯말이 보였다.
 [들어오면 생사를 보장할 수 없다]
 보는 것만으로도 소름이 끼치는 글귀.
 그리고 제갈현몽은 그 글귀를 보자 탄식했다.
 '……큰일 났다.'

우려했던 상황 중 하나였다.

푯말에 써져 있는 글귀는, 다름 아닌 제갈현몽의 아버지, 제갈자의의 필체와 무척 닮아 있었다.

'설마, 아니겠지?'

평범한 서생이었던 아버지가 도대체 뭐 때문에 만금전장에 그리 돈을 빌렸을까 하는 의문이 항상 있었다.

어렸을 때부터 딱히 유복함을 느끼지 못했던 제갈현몽인 만큼, 더더욱.

그럼 빚을 어딘가에 전부 꼴아 박았다는 이야기인데.

그 이유 중 하나가 이곳일 것 같다는, 확신에 가까운 예감이 들었다.

"형님, 괜찮으십니까? 안색이 안 좋은데⋯⋯ 지금이라도 물러나시는 것이."

제갈준이 제갈현몽의 표정이 심상치 않은 것을 보고 그리 제안했다.

솔직히 제갈준으로서는 마두와 싸우는 곳에 제갈현몽과 동행한다는 것이 그다지 내키지 않았다.

무공을 익힌 자신들과는 달리 제갈현몽은 무공이라고는 전혀 모르지 않은가.

그래도 제갈현몽의 강권에 여기까지 온 만큼, 물러나자고 하면 미련 없이 물러날 생각이었다.

"아닙니다. 들어가지요."

꽤나 많은 사람들을 집어삼킨 귀혈곡이다.

지금은 마두가 차지하고 있다지만, 나중에라도 관련이 있는 것이 밝혀진다면 책임 소재는 제갈현몽에게 돌아오리라.

제갈현몽은 자신의 운명을 이해했다.

별로 올 생각도 없었는데 어째서 여기까지 오도록 하늘이 인도했는지 알 것 같았다.

남들에게 들켜서 쓸데없는 은원 만들기 전에 빨리 지워 버리라는 뜻이리라.

"대비는 안 해도 되겠소? 딱 봐도 범상치 않은데."

"아, 그런 거라면. 팽 소협, 제가 안개를 거두어들일 테니 그때 보이는 바위에 도기를 날려 주실 수 있으십니까?"

"가능은 하오만……?"

제갈현몽은 고개를 끄덕이고는 마법봉을 흔들었다.

진식의 술식에 개입해, 안개를 만드는 술식을 반전시킨다.

그러자 안개에 가려져 보이지 않던 축이 모습을 드러내었다.

"지금입니다!"

제갈현몽의 말대로 정말 안개가 걷히자, 팽악은 얼떨떨해하면서도 대도에 도기를 일으켜 바위를 후려쳤다.

콰앙!

"……."
"……."

쩌억- 하는 소리와 함께 갈라지는 바위.

그러자 귀혈곡의 입구를 가득 메우고 있던 안개가 완전히 걷히며, 서광이 협곡의 곳곳을 비추었다.

나무가 말라 죽어 있는 것을 제외하면 썩 괜찮은 풍경이었다.

음산함이 삽시간에 사라지고 평범한 골짜기로 변해버리자 사람들은 저도 모르게 제갈현몽을 바라보았다.

'뭐지? 이래도 되는 건가?'

* * *

"아, 저기 함정입니다. 어떤 함정인지 아시겠습니까?"
"줄을 건드리면 좌우에서 꼬챙이가 튀어나오겠군."

항곤은 제갈준의 지시에 가볍게 봉을 쿡 찔러 넣었다.

봉의 끝이 줄을 건드리자, 팅기는 듯한 소리와 함께 좌우에서 나무 꼬챙이가 튕겨져 나왔다.

앞으로 나오든, 뒤로 나오든 간에 걸릴 수밖에 없도록 설계된 악랄한 함정이었다.

물론 모르고 있었다면 그렇다.

"고맙소, 제갈 소협. 눈이 좋구려."

"별말씀을요. 항곤 님 덕분에 함정의 해체가 쉽군요."

제갈준은 지형을 보고 역산해서, 어느 쪽에 함정을 만들면 가장 효과적인지 파악하고 있었고.

항곤은 석공이었지만 철화방의 일을 돕다 보니 어느정도 기관에는 조예가 있는 상태였다.

"아, 저기. 축이 또 있습니다."

"이번에는 임 소협이 해 보겠나?"

"맡겨 주십쇼!"

임준규가 콧김을 훙 하고 불더니 그대로 대부를 들어 힘차게 찍었다.

그는 아직 일류를 자처할 정도는 아니었지만 실력이 빠르게 늘어서 초식에 제대로 힘을 실을 수는 있을 정도는 되었다.

어렵지 않게 죽은 나무를 베어 넘기니, 그대로 진식이 무너져 갔다.

하지만.

부우웅-!

"독모기로군요."

나무가 쓰러지면서 독을 품은 모기가 피어오르자 제갈현몽은 대수롭지 않게 그리 대꾸했다.

청령환은 이제 없다. 사마린도 딱히 여분을 들고 다닌 것은 아니었고, 설령 있었다고 한들 별다른 효과를 보진 못할 것이다.

'하지만 이미 술식은 다 분석했단 말이지.'

한 번도 아니고 벌써 여러 번 본 술식이다.

제갈현몽은 마인이 부리는 술수를 어느 정도 파악하고 있었다.

미물의 몸에 마기를 박아 넣어서, 일정한 신호를 흘리는 것으로 어느 정도 행동을 제어하는 것이다.

그러니.

'뭉쳐라.'

마인 당사자조차 어떻게 하고 있는 건지 알 수 없는 술식의 구조를 완전히 분해, 재구축하여 신호를 탈취하면 그만이다.

일행을 향해 날아오르던 독모기들이 당연히 그래야 한다는 것처럼 둥글게, 공 모양으로 뭉치자 팽악은 신호조차 받지 않고 일도를 내질렀다.

바람을 가르는 게 아니라 부수는 듯한 소리와 함께, 독모기들이 일거에 터져 나갔다.

도를 회수한 팽악.

그는 왠지 모르게 떨떠름한 표정이었다.

"으음."

"왜 그러나?"

"아니, 이렇게 편해도 되나 싶어서."

팽악의 말에 제갈준이 어색한 미소를 지었다.

그가 무슨 말을 하고 싶은 건지 잘 알고 있었으니까.

본래 마두 토벌은 이렇게 순탄하게 진행되지 않는다. 특히 마인의 본거지를 색출하고 추살하려고 하면 더더욱.

잡히면 죽음 말곤 아무것도 없다는 것을 알기에, 마인은 자신이 가지고 있는 수단은 모조리 활용한다.

가끔은 상식으로 이해하지 못할 괴력난신(怪力亂神)의 술수를 발휘해서 상상 이상의 큰 피해를 입히기도 했다.

사실 지금 잡으러 가는 마두도 마찬가지다.

'함정도 그렇고, 독물도 그렇고. 그대로 갔었더라면 위험했다.'

안개에 휩싸인 채 길을 잃고 헤매다가 함정에 잘못 걸리기라도 한다면 아무리 일류고수라고 해도 무사를 장담할 수 없다.

게다가 감각이 약해진 상태에서 독물이 어디에서 튀어나올지 모르니 경계를 하다 보면 자연히 피로해지게 된다.

제갈준은 문득 안타까웠다.

'이런 능력을 가지고서 재야에 박혀 있었단 말인가.'

만약 제갈세가가 술종을 버리지만 않았더라면 어쩌면 지금 제갈세가는 지금과 같은 위기를 맞지 않았을 수도 있을 텐데.

문중의 어르신들 중 몇몇은 오히려 술종 때문에 가문의 뿌리가 뽑힐 뻔했다고, 가문의 위기는 그때부터 비롯되었다고 역정을 내지만, 무언가 오해가 있는 것이 틀림없으리라.

"그나저나 이제 슬슬 나올 때가 된 것 같은데."

"어쩌면 도주를 한 것일지도 모르지."

아무리 간이 큰 마두라고 해도 이렇게 대놓고 다가오는데 위기를 느끼지 못할 리가 없다.

게다가 두 제갈의 활약 덕분에 각종 함정을 어렵지 않게 헤쳐 오지 않았던가.

마두로서도 상상도 못한 결과일 테니, 어쩌면 지레 겁을 집어먹고 도주했을지도 모르는 일이다.

'으음. 차라리 그게 나을지도 모르겠군.'

제갈현봉도 그리 생각하고 있을 때, 흐릿한 안개 너머로 무언가의 형상이 비추어졌다.

"저건……."

"무후사(武侯祠)가 아닙니까?"

제갈공명의 공덕을 기리기 위해 만들어진 사당이 바로 무후사였다.

공식적으로 만들어진 것도 있지만, 비공식적으로는 제갈무후를 깊이 존경하는 사람들에 의해 만들어지기도 했다.

다만 무후사는 어디까지나 사람들이 방문하기 위한 사당이기 때문에 이런 곳에 지어진다는 것은 조금 의아한 일이었다.

"으음. 어쩌면 그냥 평범한 사당이 아닐 수도 있습니다."

"평범한 사당이 아니라니?"

제갈준이 살짝 얼굴을 붉혔다.

"그게, 조금 부끄러운 이야기입니다만, 아마 제갈세가의 사람이 세운 것일수도 있습니다."

"그게 왜 부끄러운 일인가?"

"괴벽(怪癖)이라고 할 수 있기 때문이지요."

제갈준은 한숨을 내쉬었다.

"세가의 사람들이 이따금 난제를 내고 즐거워하는 것은 알고 있지요? 가끔 세가의 사람들은 그러한 난제를 만들어 놓고 마음에 들면 그것을 봉헌(奉獻)하기도 합니다. 가문의 시조인 무후께 헌상하는 것이죠. 표면적으로는 그렇습니다만…… 실제로는 후인들을 시험하기 위해 만들어지기도 합니다. 나름대로의 보상을 숨겨 두고 난제를 풀게 되면 보상을 주는 식으로 말입니다."

"보상을?"

"그, 심득이라든가."

"뭐 하러?"

진심으로 이해하지 못해서 팽악이 되물었다가 후회했다.

다른 곳도 아니고 제갈세가다.

분명 무언가 이유가 있을 것임이 틀림없다.

'그냥이겠지.'

대화를 들으면서 제갈현몽은 그리 생각했다.

어렸을 적 몇 번 당해 보기도 했었으니까.

'문제를 풀지 않으면 당과를 주지 않겠다고 했었던가?'

한편 제갈준은 이야기는 더 참여하지 않고 기감을 집중했다.

과거 제갈현몽을 마인으로 의심하고 기감을 펼쳤던 것처럼, 저 안의 무후사에 기척이 없는지 확인하려는 것이었다.

"어떤가, 준?"

"마인의 기척은 느껴지지 않네. 하지만 그렇다고 해도 안심은 할 수 없지. 현천와룡신공(炫天臥龍神功)이 아무리 탐지에 뛰어난 기공이라고는 하나, 무조건 마인을 탐지할 수 있는 것도 아니거니와 가능하다고 해도 내 성취가 그 정도로 높은 것은 아니니."

"들어갈 수밖에 없겠군."

팽악은 그리 결론을 지었다.

"혹시 모르니 형님은 바깥에서 대기하고 계시지요."

제갈현몽은 고개를 끄덕였다.

무슨 함정이 있을지 알 수 없는데 섣불리 무후사 안으로 들어갈 수는 없는 노릇이었다.

'흔적을 확인해야 하긴 하지만 어쩔 수 없지.'

솔직히 들어간다고 해서 무인 셋의 눈을 피해 증거를 슬쩍 은폐할 수 있는 것도 아니지 않은가.

무후사로 들어가기로 한 이는 제갈준과 팽악, 그리고 항곤이었다.

임준규는 내심 안도의 한숨을 내쉬었다.

솔직히 말해 그의 무공으로 마인이 도사리고 있을지 모르는 무후사로 들어가는 것은 내키지 않는 일이었다.

"도망쳤을까? 마인 말야."

"그거야 모르지요."

제갈현몽은 임준규의 말에 어깨를 으쓱했다.

최근 들어 허세를 많이 부리기는 했지만, 남들이 생각하는 것처럼 자신은 모든 일을 다 꿰뚫고 다니는 신산귀모를 지닌 것은 아니다.

모든 것을 생각도 않고 저지른 것은 분명 아니긴 하지만, 운이 좋게 얻어걸려서 생각 이상의 결과를 얻어 낸 것도 분명히 있는 것이다.

"뭐, 저였더라면 진작에 도망갔겠지요. 이 귀혈곡에도 출구가 있지 않겠습니까?"

"뭐 그렇겠지. 지금쯤 저 멀리 도망가고 있을지도."
"그렇습니까? 만약 저라면 그 의표를……."
찌를 것 같았다.
가령, 무후사를 미끼로 삼아 사람을 유인한다거나.
제갈현몽은 생각이 드는 것과 동시에 마력을 전개했다.
특별한 술식이 깃든 것은 아니었지만, 마력 하나하나를 통제하에 두고 있는 제갈현몽이다. 자신이 날린 마력에 무엇이 닿았는지 정도는 알 수 있었다.
마인이, 호흡과 마기를 극도로 차단한 상태에서 자신을 보고 있었다.
동시에 느껴지는 어떤 서늘한 감각.
"미끄러져라!"
제갈현몽이 마법봉을 들고 임준규의 발을 가리켰다.
갑작스러운 외침에 놀란 임준규가 정말로 허둥거리더니 발이 미끄러졌다.
동시에 임준규의 머리통이 있던 곳에 날카로운 참격이 스치고 지나갔다.
임준규는 쓰러지는 와중에서도 귀신처럼 자신의 위로 스쳐 지나가는 귀신 같은 그림자와, 그 그림자가 내민 손톱에 잘린 머리카락이 흩날리는 광경을 보았다.
정말 귀신은 아니었다.
퍼엉!

귀신이거나 그림자라면 뒷발로 임준규의 옆구리를 거세게 찰 수 있을 리가 없으니까.

임준규를 찬 반탄력으로 그림자가 제갈현몽에게 쇄도했다.

"……!"

순간 시간이 느리게 흘러가는 것만 같은 감각.

제갈현몽은 본능적으로 자신의 몸에 신체강화 마법을 걸었다.

뒤로 물러나면서 자신이 생각할 수 있는 모든 수법을 떠올려 보았다.

물체를 미끄럽게 하거나, 혹은 반대로 마찰력을 강하게 하는 마법. 벌레를 잡는 마법. 사물에 약간 열감을 부여하는 마법. 바람을 불러일으키는 마법.

'없다.'

만능이라고 여겨졌던 마법이지만 지금 저 그림자를 막을 방법은 없다.

'아니, 하나는 있지만.'

그 상황에서도 이 상황을 타개할 수 있을 법한 방법이 떠오르긴 했지만, 제갈현몽은 직전에 멈추었다.

어디까지나 가능성에 불과했을 뿐, 확신이 들지 않았기 때문이다.

확신을 가진 것은 하나였다.

제갈현몽은 그대로 움직이지 않았다.

그리고 자신의 목젖에 손톱을 가져다 댄 마인을 바라보았다.

"호오."

갈사량은 제갈현몽이 약간의 저항도 하지 않는 것을 보고 이채를 띠었다. 보통 사람이라면 움찔하기라도 할 텐데, 미동도 없었으니까.

"왜 피하려고 하지 않았느냐? 목숨이 아깝지도 않나?"

"어차피 지금 당장 제 목숨은 위험하지 않습니다."

마인을 앞에 두고, 제갈현몽은 차분하게 답했다.

"저를 인질로 삼아 여기에서 벗어나고자 하는 것이 아닙니까?"

제갈현몽의 태연한 그 말에 갈사량은 직감했다.

'이놈이다.'

딱 봐도 무공을 익히지 않은 백면서생, 이 녀석이 바로 자신의 대계를 망친 원흉일 것이라고.

누가 가르쳐 주지 않았음에도 불구하고 갈사량은 그리 확신했다.

"그렇게 생각한 이유를 알려 드리지요. 그건……."

"됐다. 지금 그딴 걸 들을 시간이 어디 있겠느냐?"

제갈현몽의 말을 일언지하에 잘라 버린 갈사량의 손이 번개같이 제갈현몽의 수혈과 마혈을 짚었다.

혈류가 턱 막히면서 순간 눈앞이 아득해지는 느낌과 함께, 제갈현몽은 마지막 순간까지 생각했다.

'아니, 말은 좀 듣고……!'

직후, 제갈현몽의 의식이 무저갱으로 떨어졌다.

* * *

꿈을 꾸었다.

꿈속에서 제갈현몽은 한 사람을 보고있었다.

낡은 학창의를 입은, 청수한 사내였다.

수염은 풍성하지 않았지만 멋스러웠고, 머리는 항상 정돈되어 있었으며, 몸은 꼿꼿하게 서 있어 서생인데도 불구하고 딱히 유약한 인상은 없었다.

'아버지?'

그는 바로 제갈현몽의 아버지, 제갈자의였다.

실제로 불렀는지는 모르겠지만, 제갈자의는 제갈현몽을 돌아보았다.

그는 한 손에 쥘부채를 들고 살살 부치고 있었다.

아버지가 항상 백우선이라고 하던 쥘부채였다.

낡고 해졌지만, 무척이나 애지중지하고 있었는데 어느 날부터인가 잃어버려서 보이지 않았던 물건.

"현몽아. 오래간만이구나."

"오래간만입니다, 아버지."

제갈현몽은 꿈속인데도 불구하고 읍을 한 번 하고는 물었다.

"그런데 뭔 일을 그리 저지르신 겁니까?"

생각해 보니까 은근히 제갈자의가 한 것 때문에 피해가 크다.

당장 이번 일이 아니더라도 은자 오만 냥의 빚이 있지 않은가.

제갈현몽의 짧은 불평에 제갈자의는 모든 것을 헤아리고는 인자한 표정을 지었다.

"하다 보니 그리 되었다. 하지만 불가피한 일이었느니라."

"……."

꿈인데 화가 난다.

아니, 화가 나려다가 증발했다. 그 이상으로 어처구니가 없었으니까.

여기는 꿈이지만, 만약 현실에서도 제갈자의가 있었더라면 그리 말했으리라……!

"본래라면 이 제갈자의가 처리해야 하는 일이 맞으나…… 여건이 좋지 않으니 네게 맡기마."

"아니, 그렇게 무슨 유산을 남긴다는 것처럼 말씀하셔도."

"나는 우리 아들을 믿는다."

"이런 상황에서 믿는다는 말을 하시는 겁니까?"

"왜냐하면 내가 남긴 시련은 네가 극복 가능한 시련이기 때문이다. 이 시련을 이겨 낸다면 너는 틀림없이 한 꺼풀 벗어던질 수 있을 것이다. 공자께서도 군자고궁이라 하였느니라. 너는 이 뜻을 아느냐?"

"군자는 어려울수록 단단해진다는 말이 아닙니까."

"그것까지 알고 있다니 더는 가르칠 것이 없구나!"

제갈자의는 그리 말하면서 쥘부채를 살살 부치면서 갑자기 하늘로 떠오르기 시작했다.

제갈현몽은 그런 제갈자의를 붙잡으려고 손을 뻗어 보았으나, 이미 제갈자의는 훨훨 날아가고 있었다.

직후, 제갈현몽은 직감했다.

'이건 그냥 개꿈이잖아.'

알렌의 꿈이었으면 좋았을 텐데.

동시에 따가운 통증과 함께 제갈현몽은 눈을 떴다.

* * *

"언제까지 잠을 처자고 있을 셈이냐?"

뒤통수에 느껴지는 따가운 감각에 제갈현몽은 조용히 눈을 떴다.

축축한 느낌이 느껴졌다. 온몸이 저리고 아픈 느낌이 있는 게, 아무래도 그간 있던 피로도 몰려온 것 같다.

제갈현몽은 고개를 돌려 목소리가 들려온 곳을 바라보았다.

깡마르고 강퍅한 인상을 주는 중늙은이가 자신을 무시무시한 눈으로 바라보고 있었다.

처음으로 마주하는 마인이었다.

제갈현몽은 습관적으로 자신의 몸을 마력으로 훑어보았다.

'아무것도 없군.'

당화령에게서 받은 암기나 독주머니 따위도 전부 없어졌다. 손에 들고 있었던 마법봉도 없다.

자신에게 위협이 될 만한 것은 모조리 빼앗아 버린 점에서 제갈현몽은 눈앞의 마인이 철두철미한 성격임을 알 수 있었다.

"기이한 놈이로고. 이 상황에서도 차분하게 생각을 이어 나갈 수 있다니. 과연 제정신인지 의심이 된다."

'납치한 사람이 할 소리는 아니지 않나.'

제갈현몽은 그리 생각하면서도 입을 열었다.

"저를 깨운 용무가 무엇입니까?"

"호오."

갈사량은 눈살을 좁혔다.

"내가 깨우고 싶으면 깨우는 거지, 용무까지야?"

"제 신체 능력이나, 인질로서의 가치를 고려할 때 굳이 정신을 차리는 것보다는 기절해 있는 게 귀하께서 더 편할 것 같아서 하는 말입니다."

제갈현몽은 갈사량이 자신을 노린 이유를 이해했다.

무공도 모르는 자가 이곳까지 태연히 따라온 것부터가 의심스럽다.

아니, 그전에 자신의 지시로 진법을 해체하면서 단숨에 자신의 거처까지 온 것도 어느 정도는 파악하고 있을 터.

중요 인물이라고 여겨졌기에 단숨에 죽이지 않고 사로잡은 것이리라.

다만, 제갈현몽의 가치는 거기까지다.

자신이 생각해도 깨어났을 때 어떨 술수를 부릴지 모르는데 깨우는 것은 하책이라고 할 수 있었다.

뭔가를 하지 않더라도 그랬다. 제갈현몽의 신체 능력을 고려해 보았을 때, 일어나서 걷는 것보다 갈사량이 짊어지고 짐짝처럼 움직이는 것이 훨씬 빠르고 간편하다.

그런데도 굳이 깨웠다. 뭔가 이유가 있지 않겠는가.

"클클클."

짜악!

화끈한 느낌과 함께 고개가 돌아간다.

갈사량이 순식간에 제갈현몽의 뺨을 후려갈긴 것이다.

"건방진 녀석. 머리 좋은 티를 내고 싶어서 안달이더냐?"

"……단순히 알고 싶었을 따름입니다."

제갈현몽은 난데없는 따귀에도 그리 말했고, 그 모습에 갈사량은 눈살을 찌푸렸다.

'전혀 두려워하지 않는구나.'

일부러 기를 꺾으려고 트집을 잡았거늘, 꿈쩍도 않다니.

그건 꽤나 자존심이 상하는 일이었다.

하지만 더 시간을 끌고 있을 시간은 없다.

"네게 몇 가지 물어볼 것이 있다. 그리고 한 가지 시킬 일도."

제갈현몽은 고개를 끄덕였다.

"저는 제갈현몽이라 합니다. 제갈 성씨를 가지고 있지만 제갈세가 출신도, 방계도 아닙니다. 오래전에 가문에서 나온 술종의 말예이지요. 귀하의 술법을 깨트린 것도 그 전해 내려져 온 술법을 응용했기 때문입니다. 답변이 되었습니까?"

"……."

갈사량은 멍청하게 제갈현몽의 말을 들었다.

묻지도 않았는데 이놈이 질문의 대답을 하고 있었기 때문이었다.

'뭐야, 이놈.'

"그만 때리십시오. 그럴 시간 없지 않습니까?"

뭔가 짜증 나서 더 때릴까 말까 고민하자니 제갈현몽이 대뜸 그리 말했다.

"네놈, 어떻게 알았느냐?"

"그야 뻔한 거 아니겠습니까. 쓸데없는 문답으로 시간 낭비할 거 없습니다."

제갈현몽도 약간 불퉁해져서 그리 대꾸했다.

본래 힘 있는 자에게는 공손하게 대하는 제갈현몽이기는 하지만, 갈사량에게는 공손하든 공손하지 않든 별로 변할 게 없을 것 같았다.

"그럼 네게 시킬 것이 뭔지도 아느냐?"

"두 가지 중 하나로 보입니다."

"무엇이지?"

"저로 하여금 사람을 설득하게 해서 추적을 뿌리치는 것이 첫 번째고, 두 번째가 제 능력으로 무언가를 해결하게 하는 것 아니겠습니까?"

정답이었다.

두 갈래 중 정확히 하나를 맞춘 것을 보며 갈사량은 내심 고개를 끄덕였다.

"맞다. 시간 끄는 것을 싫어하니 단도직입적으로 말하마. 내 제안을 받아들인다면 네 목숨을 보전해 주마."

"설마 사지근맥을 잘라 놓거나 불구로 만든 다음에 목숨은 보전했다고 하시려는 건 아니겠지요? 확실히 부탁드립니다."

"……"

잠시 후 제갈현몽은 갈사량과의 합의를 마쳤다.

그 부탁인지 뭔지를 해결하는 대가로 목숨을 보전해 주는 것은 물론, 손찌검 등 불필요한 위해를 일절 가하지 않겠다는 내용이었다.

물론, 그 협의가 지켜질 것이라고는 조금도 믿지 않았지만.

'아마 나를 죽이려 하겠지.'

다른 사람도 아닌 마인이 약조를 순순히 지키리라고 생각할 정도로 제갈현몽은 순진하지 않다.

다만 그렇게까지 한 이유는 부탁을 해결할 때까지는 적어도 손을 대지 않으리라는 계산이 깔려 있었기 때문이다.

"그러면 말씀하시지요."

"네 잘난 머리로 한번 알아맞춰 봐라."

"제가 무슨 재주로 맞추겠습니까? 말을 해야 알지요."

맞는 말이다.

분명 맞는 말인데 뭔가 화가 난다.

'아까 전에는 내가 묻기도 전에 아가리를 털어 대더니……!'

문득 갈사량은 제갈세가 놈들이랑 입씨름하지 말라는 강호의 격언을 떠올려 보았다.

괜히 말 섞다가 피 토하는 경우가 있으니(제갈세가 놈이든 자신이든) 그럴 바에야 한 대 치라는 말이었다.

갈사량은 치솟는 분노를 애써 가라앉히고 말했다.

"네놈이 해야 할 일은 진법을 해체하는 것이다."

"진법 말입니까?"

"그래. 이곳은 귀혈곡의 심곡으로, 입구에 있는 것과 다른 진법이 펼쳐져 있다. 이곳에 머물면서 몇 번쯤 헤쳐 나가 보려고 했지만 실패했다. 하지만 네놈이라면 가능할지도 모르지."

"다른 진법 말입니까? 어떤 진법입니까?"

제갈현몽은 자기도 모르게 눈을 번뜩였다.

진법이 하나만 있는 것은 아님을 예상하고 있었다.

하지만 다른 진법도 있다니. 상황에 걸맞는 게 아님을 알지만 흥미가 동할 수 밖에 없었다.

"어떤 작용을 합니까? 어떤 현상이 일어나죠? 얼만큼 넓게 분포되어 있습니까? 어서 상세히 말씀해 주십시오!"

갑자기 열기를 띠는 제갈현몽의 물음에 갈사량은 이놈 뭐 하냐는 듯한 눈빛으로 쳐다보다가 입을 열었다.

"……들어가면 환상을 보여 주는 진법이더군. 그 이상

은 모른다. 위험해서 깊이 진입하지는 않았다. 독물들로 지형을 파악하려고 해도 헤쳐 나가기가 쉽지 않더군. 이곳도 겨우 초입에 있는 동혈일 뿐이다."

"혹시 관련한 서책 같은 것은 없습니까? 분명 무언가 단서가 있을 텐데."

"있기는 한데……."

생각 이상의 반응에 조금 질린 갈사량이 답지 않게 조금 머뭇거리다가 말했다.

"두고 왔느니라."

"……."

열정적이었던 제갈현몽의 눈빛이 차갑게 식었다.

천하의 바보 멍텅구리를 바라보는 듯한 그 시선에 괜히 찔린 갈사량이 역정을 터트렸다.

"그딴 것을 챙길 시간이 어디 있었겠느냐? 네놈이 그렇게 빨리 오지만 않았더라도 챙길 건 다 챙겼을 것이다! 그래서 할 수 있으냐, 없느냐? 할 수 없다면 죽여 버리겠다!"

"보지 못하면 뭐라 말씀을 못 드립니다. 왜 그리 성급하십니까?"

제갈현몽의 반응에 갈사량은 속이 터지는 것을 느꼈다.

'진짜 죽여 버리고 싶군.'

일이 어찌 풀리든 간에 이 뻔뻔한 낯짝을 하고 있는 제갈현몽의 얼굴을 일그러트리고 싶다는 욕망이 기저에서부터 치솟아올랐다.

애써 살심을 가라앉히는 사이, 제갈현몽이 자리에서 일어났다.

"알겠습니다. 그럼 이제 움직이지요…… 윽."

제갈현몽은 자리에서 일어나려다가 다리가 풀려 주저앉았다.

갈사량이 한심한 눈빛으로 제갈현몽을 바라보았다.

"뭐 하는 게냐?"

"다리에 힘이 안 들어갑니다. 뭐 지팡이나 짚을 만한 거 없습니까?"

"가지가지 한다. 네놈이 그러고도 사내냐?"

"무공도 안 익힌 서생인지라."

갈사량은 더 말을 섞다가는 울화병으로 죽을 것 같아서 잠깐 밖으로 나가서 지팡이로 쓰기 좋을 법한 나무 봉을 구해 왔다.

'내가 이렇게까지 했는데 못하겠다고 하면 진짜 죽여 버리겠다.'

제갈현몽은 지팡이를 짚고 자리에서 일어났다.

"앞장서거라."

'지독하군.'

이런저런 한심한 모습을 보여 주었는데도 불구하고 갈

사량은 한 치의 빈틈을 보이지 않았다.

제갈현몽은 천천히 지팡이를 짚으면서 동혈 밖으로 나섰다.

그리고 볼 수 있었다.

동굴의 밖을 나서자마자 보이는 괴이한 환상을.

"……이곳이 귀혈곡입니까?"

보는 사람의 기가 질릴 것 같은 천애절벽.

왜 갈사량이 이 진법을 헤쳐 나갈 작정을 할 수 없었는지 제갈현몽은 바로 이해했다.

아무리 환상이라는 것을 알아도, 자칫 발을 헛디딘 순간 떨어질 것만 같은 절벽을 지나간다는 것은 불가능에 가까운 일이었으니까.

갈사량이 툭 내뱉었다.

"맞다. 단, 귀혈곡의 내부가 아니라 위에서 내려다보면 이러한 형상이더구나. 아마 모종의 술법으로 보이는 상을 왜곡한 것이겠지. 그래서, 할 수 있느냐, 없느냐?"

갈사량이 은연중에 살기를 드러내며 말했다.

만약 안 된다는 말을 듣는다면, 바로 죽여 버릴 생각이었다.

물론 약간의 시간은 줄 생각이었지만…….

"아, 했습니다. 절 따라오십시오."

"뭐? 아니 잠깐."

제갈현몽이 태연하게 허공으로 발을 내딛자 갈사량은 순간 제지하려다가 할 말을 잃었다.

누가 봐도 허공으로 보이는 곳에 당연하다는 듯이 발을 내딛는다는 것. 그게 말 만큼 쉬운 일이 아니라는 것을 누구보다 잘 알았으니까.

허공으로 보이는 곳이 정말 아무것도 없는 곳일 수도 있고, 바위가 있을 수도 있다. 보고 있으되 눈을 감고 길을 나아간다는 것이나 마찬가지인데 제갈현몽은 전혀 거리낌이 없었다.

진법의 요체를 꿰뚫었다는 증거였다.

'본 지 얼마나 되었다고?'

술법이라고는 잘 모르는 갈사량조차도 알 수 있었다.

이런 게 그냥 되는 것이 아니라는 것 정도는.

'뭐냐 이 녀석은.'

* * *

제갈현몽은 눈앞에 펼쳐진 진의 이름을 환몽진(幻夢陣)이라 이름 붙였다.

사실 진이 환상을 보여 준 순간부터, 제갈현몽은 환상을 보면서도 술식의 구조를 파악하고 해체하고 있었다.

엄밀히 말해 환몽진은 없는 광경을 보여 주고있는 것은

아니다.

 진에 속한 영역의 풍광을 적절히 조합해서, 다른 형태로 보여 주고 있는 것에 가까웠다.

 깎아지르는 듯한 절벽은 실제 협곡의 절벽이었고, 끝이 보이지 않는 낭떠러지는 그저 하늘을 비춘 것에 불과했다.

 다만 그 조합이 무척이나 정교하게 이루어졌기에, 보는 사람으로 하여금 엄두도 내지 못하게 할 뿐이다.

 '대단하구나.'

 규모에 비해서 구축한 진의 마력은 그리 대단한 것은 아니다.

 그래서 감탄했다. 최저한의 마력만으로 진법을 제대로 가동시킨 것을 보니, 술식을 얼마나 견고하게 깎았을지 짐작조차 가지 않았다.

 감탄에 감탄을 거듭하면서, 제갈현몽은 환몽진을 나아갔다.

 한편 갈사량 또한 다른 의미로 감탄하고 있었다. 그 감탄의 대상은 진법이 아닌 제갈현몽이었다.

 '대단하군.'

 적의를 배제하고, 갈사량은 솔직하게 감탄했다.

 자신이 반년 동안 해체하지 못해서 끙끙거렸던 진법이 반시진도 안 되는 사이에 해체되어 가고 있었으니까.

'이 정도면 가능하겠군.'

진법을 해체한 것이 아니기에, 추적대가 쫓아올 수는 없다.

제갈현몽이 나아가면서 수작을 부리지 못하도록 자신이 뒤를 쫓고 있으니 더더욱.

설령 협곡의 반대편으로 나갈 것이라고 예상해서 돌아온다고 하더라도, 산을 빙 둘러 가야 한다. 일직선으로 질러 가는 자신들을 쫓아오기에는 무리가 있는 것이다.

약간 여유가 생긴 갈사량은 비릿한 미소를 지었다.

'음, 그러고 보면.'

생각보다 쓸 만하지 않은가.

갈사량이 괜히 귀혈곡을 은신처로 삼은 것이 아니다.

이번 같은 특수한 상황이 아니더라면, 진법에 몸을 숨기고 버티는 것으로 대부분의 추적은 뿌리칠 수 있었다.

설령 장소를 특정해 쫓아온다 하더라도, 진법에 헤매는 사이 몸을 뺄 수 있을 만한 여지를 얼마든지 만들 수 있었다.

이곳을 은거지로 삼으면서 진법에 대한 이해를 해 보려고 노력했으나, 솔직히 말해 그 구조를 이해할 수 없었다.

'하지만 만약 이놈을 데리고 간다면.'

굳이 이곳 귀혈곡이 아니더라도 충분히 다른 곳에도 진

법을 설치할 수 있지 않겠는가.

다른 곳으로 가서 비슷한 진법을 설치하고, 절정의 경지에 오르게 된다면.

아니, 어쩌면 그 이상의 경지도 노려 볼 수 있을지도 모른다.

'목숨을 빼앗는 것도 아니니 저놈도 만족할 터다.'

"그나저나, 한 가지 궁금한 것이 있습니다만."

"무엇이냐?"

"귀하께서도 술법을 사용하고 있는 것 같았습니다만, 그건 어디에서 어떻게 배운 겁니까?"

"술법? 아아."

갈사량은 제갈현몽이 무엇을 묻는 것인지 깨닫고 불퉁하게 대꾸하려다가, 생각을 바꾸었다.

딱히 비위를 맞춰 줄 생각은 없지만, 너무 조이기만 해서도 반발이 일어나는 법이니까.

"마신(魔神)께서 내려 주신 마공이다."

"그 마공이란 게 정확히 뭡니까?"

"글쎄."

갈사량은 어깨를 으쓱했다.

"나도 정확히는 모른다. 그냥 마(魔)에 귀의하기로 마음을 먹자 깨달음이 찾아오더군."

갈사량은 개인적으로 그걸 심마(心魔)와 비슷한 것으

로 보았다.

과거 부처 또한 깨달음을 얻을 때, 파순의 방해로 심마를 겪었다고 한다. 부처는 그것을 극복하였기에 열반에 들 수 있었다고.

하지만 만약 극복하지 못했다면?

부처는 과연 어떠한 존재가 되었을 것인가.

"깨달음을 얻은 순간 내가 익히던 무공이 모조리 무너지고 마공에 적합한 형태로 다시 만들어졌다. 그것이 내가 알고 있는 마공의 연원이다."

"독물을 다루는 비술도 말입니까?"

"그래. 본래 나의 뿌리였던 만독문에서는 각종 독술과 독물을 다루었지."

사천당가에게 멸문당하기 전까지는.

갈사량은 은연중에 그러한 말을 내뱉고는 이를 살짝 갈았다.

본래 만독문은 사천당가만큼은 아니었지만 독물을 다루는 것에 능한 사파였다.

"어쩌다가 사천당가랑?"

"고(蠱)를 실험하는 걸 걸렸지."

"고 말입니까?"

"그래. 남만에서 서식하는 자웅상련충(雌雄相戀蟲)이라는 것이 있다. 이 벌레는 신기한 것이, 서로 거리가 떨어져 있어도 한쪽에 고통을 주면 다른 한쪽이 독을 내뿜는 구조로 되어 있지. 그걸 연구하고 있었다."

"……."

제갈현몽은 눈살을 찌푸렸다.

어떤 목적으로 사용되는 독물인지 대번에 눈치챘기 때문이다.

"하지만 생각처럼 안 되더군. 어지간한 고는 인간의 위액에 그대로 녹아 죽었지. 그래서 위액에 녹아 버리기 전에, 위장에 구멍을 뚫고 혈맥에 들어가는 형태로 개량을 하려고 했는데…… 당가 놈들이 쳐들어오더군."

"어떻게 알고 말입니까?"

"실종 사건을 조사하다가 찾아왔다더군."

"……."

원한을 가지면 안 되는 거 아닌가?

제갈현몽은 그렇게 생각할 수 밖에 없었다.

솔직히 말해서 멸문당할 만해서 당한 것 아니겠는가.

그 이후로는 뻔한 일이었다.

유일하게 몸을 빼내는 데 성공한 갈사량은 만독문의 무공과 지식을 가지고 어떻게든 실력을 키워 나갔다.

하지만 한계가 있었다. 제대로 된 지원도 없이 고수가 된다는 것은 어지간한 기연이 아니면 불가능하기 때문이다.

원하는 바를 위해서라면 영혼마저 팔 수 있을 것 같다…….

그렇게 생각했을 때 심마가 찾아왔고.

심마에 거스르지 않고 순응하자 갈사량은 마인이 되어 있었다.

"웃긴 일이지. 그전에는 그토록 피를 토하는 수련을 해도 오르지 않던 무공의 경지가, 버러지 같은 산적들을 쳐죽여서 내장을 파먹는 것만으로도 오르게 되었으니까. 너도 그리 생각하지 않느냐?"

"그렇게 생각하지 않습니다. 비인외도의 길을 걸어서 얻는 결과가 어찌 정당한 것이라고 할 수 있겠습니까?"

"정파다운 고리타분한 생각이다. 정말 그랬다면 내가 지금까지 어찌 살아남을 수 있었단 말이냐?"

갈사량은 코웃음을 쳤다.

"이제 얼마 남지 않았다. 앞으로 다섯 정도만 더 죽인다면 절정의 경지를 깰 수 있겠지. 그 누구에게도 머리를 숙이고 살지 않아도 된다는 뜻이다. 만약 조금의 여건이 있다면 그 이상도 충분히 노려 볼 만하다."

갈사량은 그렇게 말하더니 건너편을 바라보았다.

대화를 나누다 보니 어느새 협곡의 출구가 보이고 있었다.

끈적한 살기가 흘렀다.

"머리가 좋은 녀석이니 내가 네놈을 순순히 돌려보내

지 않으려고 한다는 것 정도는 짐작하고 있으렷다."

"그렇겠지요."

"뭔가 구명의 수단이 있느냐? 침착하기 짝이 없군."

제갈현몽은 피식 웃었다.

"군자는 동요하지 않아야 한다고 가르침을 받았습니다. 목숨이 위태롭다 하여 허둥대서 좋을 것이 무에 있겠습니까?"

"그러면 침착하게 뒈지고 싶나 보군."

갈사량이 눈가에서 마기를 흘려 냈다.

"기회를 주마. 내 부하가 된다면 약조대로 목숨을 보전해 주고, 나름대로의 대우도 해 주마. 너도 손해를 보는 제안은 아닐 것이다."

"어째서입니까?"

"목숨을 부지할 수 있기 때문이지. 설령 네놈이 내 제안이 내키지 않더라도, 일단 목숨을 부지하다 보면 또 다른 기회가 있지 않겠느냐?"

제갈현몽은 몸을 돌렸다.

갈사량은 이미 기운을 있는 대로 고조시키고 있었다.

방금 전과 달리, 이제는 조금이라도 부정적인 말을 한다면 갈사량은 주저 없이 자신의 목숨을 취하리라.

제갈현몽은 길게 심호흡을 하고 길게 내뱉었다.

"군자는 유어의하고 소인은 유어리한다 하였습니다.

보아하니 귀하에게는 의가 없는데 어찌 따르겠습니까?"

"그러냐? 그럼, 죽어라."

갈사량은 두말하지 않았다.

몸을 튕기듯 날려 제갈현몽의 상단을 단숨에 노렸다.

짧지 않은 거리를 격(隔)한 갈사량의 손톱이 무참하게 제갈현몽의 상체를 반으로 갈랐다.

"……!?"

그리고.

제갈현몽의 몸이 흐트러지더니, 안개처럼 흩어졌다.

손맛도 느껴지지 않았다. 그저 허공을 가른 느낌만 들었을 뿐.

'무슨? 기척은 틀림없이 느껴졌거늘……! 아래!'

제갈현몽은 사라진 것이 아니었다. 그 자리에 있었다.

다만 웅크려서 몽환진을 조작해, 여전히 자신이 서 있는 것처럼 보이게 했을 뿐이었다.

'그러니 기척은 그대로 느껴졌던 거로군!'

몽환진을 파훼하면서 술식을 파악한 뒤였기에 가능한 기예였다.

'지금!'

탁-!

제갈현몽은 짚고 있던 봉으로 땅을 강하게 치며 일어났다.

갈사량은 코웃음을 쳤다.

"네까짓 놈이 반항을 하면 뭐가 달라지느냐!? 차라리 도망가는 것이 나았을 것이다!"

제갈현몽은 무공을 모른다.

게다가 가지고 있던 위험한 기물이나 암기는 모조리 회수하지 않았던가.

갈사량이 제갈현몽에게 아무런 금제를 가하지 않은 이유였다.

어떤 수작을 부리든 충분히 제압할 수 있다는 자신이 있기 때문이다.

그러니 저놈이 뭘 하든, 죽기 직전에 하는 발악 그 이상도 이하도 아니다.

그 사실은 제갈현몽 자신도 그걸 잘 알고 있었다.

마력은 보잘것없고, 고리는 하나다. 그걸로 아무리 애써 보았자 주먹으로 친 것 이상의 충격을 가할 수가 없다.

하지만.

'그 누구보다도 제어에는 자신이 있다.'

수족과도 같은 마력이 제갈현몽의 손끝에서 은밀하게 튀어나왔다.

그리고 그 마력은 뱀처럼 갈사량의 품으로 파고들었고.

그 안에 있는 어떤 기관 장치를 자극했다.

"컥!?"

갑작스레 느껴지는 가슴께의 날카로운 통증.

동시에 독의 열감이 갈사량의 전신으로 퍼져 나갔다.

"이, 무슨……!"

갈사량은 비틀거리며 뒤로 물러나면서도 믿을 수 없다는 표정을 지었다.

어떻게 자신의 품에 있는 기관 장치가 작동을 한단 말인가.

이해할 수 없는 상황.

하지만 갈사량은 지금 이 사태의 원인이 바로 눈앞의 서생임을 본능적으로 깨달았다.

"네놈! 처음부터 이걸 노리고……!"

제갈현몽은 대답하지 않았다.

그대로 손에 들고 있던 나무 지팡이, 아니 간이 마법봉으로 바닥을 쿵 찍었을 뿐.

그와 동시에, 몽환진이 변화를 일으키기 시작했다.

마치 무수한 거울로 비추어진 것처럼 제갈현몽의 신형이 분열(分裂)한다.

이를 악문 갈사량이 다시 흑수마령조를 펼쳐 제갈현몽의 상하좌우를 갈랐지만, 전부 환상이었다.

이미 제갈현몽은 그 자리에서 빠져나간 뒤였다.

"네놈, 네노옴! 컥!"

갈사량은 각혈하며 독을 빼내기 시작했다.

기관 장치에 있는 독이 제법 독하기는 했지만, 원래 독공을 다루는 갈사량에게 아직 치명적인 정도는 아니었다.

"죽여 버리겠다! 아무리 환상 속에 숨었다 한들 멀리 도망가지는 못했을 터다!"

손가락을 튕기자, 갈사량의 소매에서 독모기 무리가 구름처럼 뻗어 나왔다.

보이지는 않더라도 독모기를 있는 대로 퍼트리다 보면 닿는 부분이 나올 터.

그것만으로 충분하다!

충분하다고, 갈사량은 생각했다.

"그거, 한 번 본 겁니다."

이제 어떻게 하는 건지 알 것도 같고.

직후 갈사량이 느낀 것은 자신과 독모기를 연결시키는 심령(心靈)이 탈취당하는 듯한 불쾌한 감각.

마치 어른이 어린아이의 손목을 꺾는 것처럼 간단하게 술법을 탈취한 제갈현몽은 가볍게 지팡이를 두드렸다.

직후, 주변을 배회하던 독모기가 방향을 바꿔 일제히 갈사량에게 달려들었다.

　　　　　＊　＊　＊

"헉, 헉."

갈사량은 비틀거리면서 독모기 구름에서 빠져나왔다.

아무리 내상을 입었다지만, 갈사량은 과연 절정을 바라보는 고수였다.

그 짧은 사이에 몸을 둥글게 말아 피면적을 줄이면서, 옷가지에 경기를 담아 독모기를 쳐죽였다.

그리고 바로 경공을 펼쳐 자리에서 벗어났다.

'도망간다.'

그렇게까지 했음에도 불구하고 갈사량은 이미 수십 마리의 독모기를 몸에 허용한 상태였다.

심지어 옷가지 속으로 파고든 독모기도 있었다.

"빌어먹을!"

그대로 갈사량은 바닥에 몸을 나뒹굴었다.

덕분에 옷 안에 파고든 독모기를 죽일 수는 있었지만…… 정말이지 굴욕적인 순간이 아닐 수 없었다.

"이 씹어 먹어도 시원찮은 개자식!"

갈사량의 눈에서 마기가 쭉 뻗어나왔다.

양손을 사정없이 내저으면서 조기(爪氣)를 흩뿌린 갈사량이 노호성을 터트렸다.

"당장 나와라! 갈기갈기 찢어 버리겠다!"

"그렇게 말하는 사람 앞에 나타나는 멍청이가 어디 있습니까?"

"거기냐!"

목소리의 근원지를 파악한 갈사량이 주저 없이 몸을 날렸다.

과연 수풀을 헤치자 놀란 눈을 하고 있는 제갈현몽의 모습이 보였다.

갈사량은 형형한 눈빛으로 손톱을 휘갈겼고.

우득, 하는 소리와 함께 몇 개의 손가락이 부러졌다.

"크악!?"

제갈현몽의 환상은 어느새 사라지고 없었다.

느껴지는 것은 단단한 벽의 질감뿐이었다.

아무리 조기를 둘렀다지만 타점이 흐트러진 상태에서 단단한 돌벽을 후려쳤으니 갈사량도 어쩔 도리가 없었다.

'분명히 소리가 들렸는데?'

갈사량은 숨을 거칠게 내쉬었다. 그리고 깨달았다.

감각이 크게 흐트러지고 있었다.

기관 장치에 들어가 있는 독. 그리고 독모기에 자신이 심어 둔 독. 그것이 지금 자신의 몸 안에서 끓어오르고 있었다.

'아니, 하지만 아무리 그래도…….'

직후, 갈사량은 무언가를 깨닫고는 자신의 품에 들어 있던 독 주머니를 던졌다. 미세하지만 자신의 숨결에 독 가루가 섞여 들어오고 있었다.

그것도 자신의 품에서 말이다.

'도망간다.'

어째서 자신이 이렇게까지 몰려야 하는가.

거기에 대한 불합리함에 분노를 느끼지 않을 수 없었지만, 갈사량은 본능적으로 깨달았다.

지금 이 장소에서 제갈현몽과 대거리를 하는 것은 결코 상책이 아니라는 것을.

'어차피 출구는 지척일 터!'

갈사량은 그렇게 생각하면서 몸을 날렸고.

직후 한 가지 의문이 스쳐 지나갔다.

제갈현몽은 이유는 모르겠지만, 환몽진을 완벽하게 장악하고 자유자재로 다뤄, 환상을 마음대로 보여 주고 있었다.

만약 그렇다면.

'내가 본 출구는…… 출구가 과연 맞단 말인가?'

"물론 아니지요."

마치 자신의 마음을 읽은 것처럼, 제갈현몽의 목소리가 들린 것과 동시에 갈사량은 발을 멈춰 세웠다.

출구를 한 보 앞둔 시점이었다.

하지만 감각으로 알 수 있었다.

한 보 더 내딛었다면, 출구로 빠져나가는 것이 아니라 미끄러져 나뒹굴었을 것이라는 사실을.

'빌어먹을.'

갈사량은 이를 악물었다.

내상을 입지 않았더라면.

제갈현몽이 환몽진을 이용해 환상을 조작할 수 있다는 가능성을 알아챘다면.

알 수 없는 사술로 자신의 품에 있는 기관 장치를 격발시키지 않았더라면.

수많은 만약이 떠올랐다가, 갈사량은 깨달았다.

"이걸 설마 다 계산하고 있었던 거냐……."

'물론 아니지.'

제갈현몽은 최대한 자연스럽게 숨을 내뱉었다.

벌써부터 고리가 삐걱거리고 있었다.

이미 구축된 환몽진의 자연지기와 술식을 빌려 자신의 역량 이상을 보여 주고 있었지만, 그 말이 곧 제갈현몽에게 아무런 부담을 주지 않는다는 것은 아니었다.

만약 처음부터 모든 것을 계산했다면, 애초에 납치도 당하지 않았을 뿐더러 이런 식으로 자신을 극한까지 몰고 갈 일도 없었으리라.

그저 최선을 다했을 뿐이다. 상황이 이 정도로 잘 굴러

간 것은 운이 좋았을 뿐.

그래서 제갈현몽은 입을 열었다.

"과연 그리 생각하십니까?"

"……."

갈사량은 난생처음으로 자신보다 하수(下手)에게 공포를 느꼈다.

부정하지 않는다는 것은 곧 긍정이나 마찬가지였으니까.

갈사량은 숨을 내골랐다.

애써 독기운을 누르고, 냉정을 되찾았다.

"제안을 하지."

"약조를 어기고 죽이려 했으면서 제안입니까?"

"어차피 네놈도 나를 천년만년 붙들어 둘 수 없을 거다! 그렇다고 아무리 사술을 써도 나를 죽일 수도 없고."

마두의 입에서 사술 소리를 듣자 제갈현몽의 표정이 묘해졌다.

하지만 기분과는 별개로 갈사량의 말은 틀리지 않았다. 지금 이 상황에서 제갈현몽이 갈사량을 제압할 수 있는 방법은 정말로 없었으니까.

'고리가 하나만 더 있었더라도…….'

그런 생각이 들었지만 없는 것을 원해 봐야 어쩔 수 없다.

"진을 풀어 다오. 마신께 맹세코 지금까지의 원한은 잊어버리겠다."
"그걸 제가 어찌 믿는단 말입니까?"
"믿지 못하면, 나는 동귀어진하는 한이 있더라도 네놈을 반드시 죽여 버리고 말겠다!"
갈사량의 노호성에는 아직 힘이 들어 있었다.
제갈현몽은 슬슬 한계를 느끼고는 고개를 끄덕였다.
"좋습니다. 가시지요."
마지막 힘을 짜내, 제갈현몽은 갈사량을 둘러싸고 있는 환몽진의 환상을 풀었다.
갈사량은 거기에 의심을 하지 않았다.
환몽진에 있을 때는 항상 무언가에 간섭되고 있는 듯한 감각이 들었다. 기감과 오감이 따로 기능하다 보니 어쩔 수가 없었다.
그런데 제갈현몽의 작은 조작 하나에 그것이 풀려 버렸다.
오감에 더 간섭하는 기운이 없다 보니 갈사량은 확신할 수 밖에 없었다.
방금 전에 보았던 가짜 입구와 달리, 진짜 출구가 눈앞에 보이고 있었다.
"잘 생각했다!"
그렇게 외친 갈사량이 제갈현몽의 마음이 바뀌기 전에

몸을 날렸다.

아니, 설령 마음을 바꿨다 해도 상관없다.

어차피 나가는 길을 보았으니 눈을 감고 가면 그만이었다.

약간 절뚝거리면서 앞으로 나아가면서, 갈사량은 그제서야 크나큰 굴욕감을 느꼈다.

자신보다 한참 하수에게 사술로 농락당하다 못해 반쯤 목숨을 구걸하기까지 했으니 어쩔 수가 없는 일이었다.

"반드시 복수하겠다. 제갈현몽이라고 했지."

들리지 않게 작게 되뇌면서 갈사량은 앞으로 나아갔고.

그러다가 발걸음을 멈추었다.

"안녕하신가."

"……."

"어, 그러니까 뭐라고 불러야 하나. 마두 새끼?"

누가 봐도 산적 같은, 호피를 두른 텁석부리 장년인이 부리부리한 눈빛으로 자신을 바라보고 있었다.

"거, 거력패부 마진광……?"

왜 이 절정고수가 자신의 눈앞에 있는 것인가.

"우리 꾀주머니가 혹시 모르니까 협곡 반대편에서 대기하고 있으라는 말을 했을 때는 혹시나 했는데, 역시 들어서 손해 보는 일이 없군. 과연 우리 장비다."

"장자방입니다……."

갈사량이 고개를 홱 꺾었다.

지팡이를 짚고 비틀거리면서 제갈현몽이 걸어오고 있었다. 갖은 고초를 겪어 핼쑥한 표정을 한 채였다.

실제로 죽을 것 같았다.

사흘 동안 오느라 생긴 근육통에, 갈사량에게 음으로 양으로 압박을 받으면서 생긴 육체적인 고통.

거기에 환몽진에 개입해 술법을 제어하면서 생긴 머리가 깨질 것 같은 두통…….

당장이라도 쓰러지고 싶은 상태에서도 제갈현몽은 입을 열었다.

"그자가 바로 귀혈곡을 만든 귀곡자(鬼谷子)입니다……!"

난데없이 터무니없는 누명을 들은 갈사량이 저도 모르게 기함했다.

"아니 그게 갑자기 무슨……."

"그럴 줄 알았다!"

말을 더 이을 수 없었다.

마진광은 땅을 짚고 있던 대부를 들어 갈사량을 향해 휘둘렀다.

절정고수의 도끼질에 갈사량은 창졸지간에 양손을 뻗어 보았지만.

"뒈져라. 마두 녀석아."

양손이 잘 말린 장작처럼 쪼개지며, 갈사량의 머리통이 허공으로 떠올랐다.

그 모습에 제갈현몽은 안도의 한숨을 내쉬었다.

'끄, 끝났다.'

이게 뭔 재수 없는 일이란 말인가.

그대로 자리에 주저앉으면서, 제갈현몽은 무언가 한 가지를 깨달았다.

오늘 있었던 이 일은 살아생전 한 번만 겪어도 과한, 그런 경험이었다.

하지만 어쩐지 자신의 인생에서 이러한 괴사가 계속 일어날 것만 같았다.

딱히 근거도 없는 이야기였으나, 제갈현몽은 그리 확신했다.

'고리, 고리를 더 만들어야…… 아니면 최소한 내 몸을 지킬 만한 방법이라도.'

"어, 야. 이놈아! 괜찮냐?"

마진광의 목소리를 들으면서 제갈현몽은 정신줄을 놓았다.

* * *

제갈현몽이 깨어난 것은 그로부터 사흘 뒤였다.

그럼에도 그의 몸 상태는 정상이 아니었는데, 쌓였던 피로와 정신적인 고통 말고도 마력의 격심한 소모로 인해 도무지 일어날 수 없었다.

때문에 당분간 면회를 사절해야만 했고, 성도로 돌아갈 때도 표물 취급을 받으면서 돌아가야만 했다.

그리고 나서도 한동안 골골거리다가 겨우 병석에서 자리를 털고 일어나니 보름이 지나 있었다.

'나쁘지 않군.'

제갈현몽은 옆으로 누운 채 그리 생각했다.

안 그래도 휴가가 끝나서 아쉬웠는데, 이렇게 정당한(?) 핑계로 쉬게 되니 나쁘지 않았다.

특히 깨달음을 정리하기 위해서라도.

생각지도 않게 목숨의 위기를 겪고, 그것을 벗어나기 위해서 정말 머리를 쥐어짜내다 보니 자기도 모르는 사이에 깨달음 비슷한 것이 와 있었던 것이다.

거기에 마력을 혹사한 덕분인지 모르겠지만 마력의 상한도 늘어나 있는 상황이었다.

무엇보다 다룰 수 있는 술법의 종류도 늘어나 있었다.

제갈현몽은 마법봉(임진규가 찾아서 돌려주었다.)을 까닥여 보았다.

마력이 술식에 따라 구축되면서, 방안에 있음에도 불구하고 바깥의 광경을 비추어 주었다.

'이 정도인가.'

목숨을 걸고 몽환진의 술식을 구축해 본 결과, 이 몽환진을 구축하는 핵심 술식은 결코 존재하지 않는 환상을 보여 주는 것은 아니었다.

오히려 존재하는 것을 보여 주는 것.

마치 거울처럼 말이다.

진정한 환상은 아니지만……그래도 꽤나 유용하기도 했다.

그래, 가령 지금처럼 집 안에 있으면서 집 밖을 둘러본다든가.

물론 거리에 제한이 있고 마력의 소비도 만만치 않았다.

제갈현몽이 환몽진에서 제맘대로 환상을 보여 주었던 것은, 어디까지나 미리 구축된 환몽진의 술식에 개입했기 때문이었다.

단지 그것만으로도 고리에 부담이 느껴질 정도로 힘들었는데, 자신의 힘만으로 온전한 환상을 구축하는 것은 꽤나 어려운 일이었다.

'이러니저러니 해도 고리와 마력이 더 필요해.'

그리고 그때, 제갈현몽은 보았다.

사마린과 제갈준을 비롯한 안면이 있는 후기지수들이 이곳으로 찾아오는 광경을.

'무슨 일이지.'

솔직히 귀찮은데.

후기지수들이 딱히 제갈현몽에게 뭘 한 것은 아니다. 하지만 엮이면 항상 귀찮은 일이 생기는 것이 무림인이란 족속 아니던가.

'없는 척을 하면…….'

"안 나오면 이 대문 박살 낼 거야."

"갑니다!"

당화령의 말에 제갈현몽은 자리에서 퍼뜩 일어났다.

이내 술식을 해제하고 문을 열자, 환상에서 본 것처럼 이남삼녀의 모습이 보였다.

"오래간만이군요. 그동안 잘 지내셨습니까?"

"아뇨. 하지만 당신은 잘 지낸 것 같네요."

"마인에게 납치당해 심신에 상처를 입었거늘 어찌 잘 지낼 수 있었겠습니까. 하루라도 빨리 자리를 털고 일어나지 못해 스스로도 안타까울 따름입니다."

제갈현몽의 능청에 사마린은 싱긋 웃음지었다.

'진짜 혓바닥 뽑아 버리고 싶네.'

어쩌면 제갈현몽의 진정한재능은 다른 게 아니라 사람을 열받게 하는 것에 있는 것 아닐까?

그런 생각을 하면서, 사마린은 말을 이어 나갔다.

"아무튼, 오늘 여기 온 건 당신 도우러 온 거예요."

"저를…… 말입니까?"

"그래요. 기다리면 모습을 드러내겠지 했는데 진짜 죽어라 안 드러내더군요. 원래 그렇게 집에 있기를 좋아해요?"

제갈현몽은 왠지 마인 핑계를 댔다가는 진짜 한 대 맞을 것 같다는 생각이 들었기에 화제를 돌렸다.

"그나저나 어떤 도움 말입니까? 딱히 제가 도움을 받을 일은……."

"무림맹에 올릴 장계를 써야지요."

"아."

제갈현몽은 그제서야 그들이 당도한 이유를 깨달았다.

워낙 중요 순위가(제갈현몽 안에서) 낮다 보니 까먹고 있었는데, 중요한 일이었다.

8장. **무리(武理)**

무리(武理)

 마인을 쓰러뜨렸다고 해서 모든 일이 끝난 것은 아니었다.

 무림맹에 해당 사건을 보고하는 일이 남아 있었으니까.

 "사실, 미리 알리기는 했어요. 아무래도 거리가 있다 보니까 미리미리 보고를 해 두는 게 유리해서요. 아무튼 이번 경우에는 마공서도 있으니 감찰사가 올 거에요."

 "감찰사 말입니까?"

 "마공을 전문적으로 회수하는 직책이라고 생각하면 돼요. 무림맹에서는 독자적인 처결권도 가지고 있는 꽤나 높은 직위라고 할 수 있죠."

 "그렇군요."

 제갈현몽은 고개를 끄덕였다.

무림맹이라고 말만 들었지, 그러한 직위가 있다는 것은 처음 알았다.

그런 제갈현몽의 반응에 사마린은 비릿하게 웃었다.

"그렇군요, 하고 넘어갈 일이 아니에요."

"어째서입니까?"

"무림맹 감찰사는 말이 통하지 않으니까요. 제대로 준비를 하지 않으면, 조사 명목으로 무림맹에 끌려가 강도 높은 조사를 받아야 할 수도 있는데……그래도 괜찮아요?"

"아뇨."

뭐 그런 집단이 다 있어.

"하지만 그런 식으로 하면 반발이 있지 않겠습니까? 마인이나 마공서에 접촉했다는 가능성만으로 그렇게 강압적으로 나가면 말입니다."

"물론 모두에게 그런 것은 아니고, 몇몇 경우에 한해서입니다. 하지만 이번 경우는 여러모로 특수하니까요."

"특수? 아."

제갈현몽은 문득 와닿는 것이 있어 탄성을 내질렀다.

아닌 게 아니라, 지금 너무도 찔리는 구석이 많았다.

특히, 이번 일로 인해서 마법을 어느 정도 노출시켰다는 점에서 더더욱 말이다.

"그것만이 아니에요. 애초에 제갈준 소협이 당신의 이

야기를 어떻게 들었다고 생각해요?"

"무후재림의 소리를 듣고……."

제갈현몽은 무의식적으로 말하다 말고 이를 지그시 악물면서 눈을 감았다.

어째 맨 처음 들을 때부터 마음에 들지 않더라니.

"무림맹에서 제 소문을 전부 파악해 두고 있을 가능성이 있겠군요."

"예. 거기다가 녹림도로맹이라는 이상한 단체도 만들었죠. 아마 이번 사건이 아니더라도 주목하고 있었을 거에요. 그러니 이번 기회에 데려가서 여러모로 조사하고 싶겠죠. 그 이상한 술법의 연원도 뭔지 조사하고."

"조사하고?"

"쓸 만하면 무림맹에 협력하게 하겠죠?"

"어떻게 말입니까?"

"어떻게 할 것 같아요?"

사마린의 역질문에 제갈현몽은 쓰게 웃었다.

당장 자기만 해도 그 질문을 듣자 어떤 식으로 할 수 있을지를 몇 가지 연상할 수 있었는데, 무림인들은 어떠랴.

사정을 이해한 제갈현몽은 후기지수들을 물끄러미 바라보다가 말했다.

"감사합니다."

"……갑자기 뭐가요."

"그러한 일을 미연에 방지하기 위해서 찾아오신 것 아닙니까? 말씀한 대로 뒤에 아무런 배경이 없다면 고초를 당할 수 있겠지만, 여러분들이 보증을 해 준다면 그러한 일을 막을 수 있겠지요."

"하, 왜 우리가 보증을 서 준다고 생각하죠? 자칫 잘못하면 가문에 피해가 갈 수도 있는데요?"

"술법에 관심이 있어서 그런 거 아니겠습니까?"

"……."

정곡을 찔린 사마린은 입을 다물었다.

이내 미간을 마구 찌푸리더니, 한숨을 길게 내쉬었다.

"아, 진짜. 제갈세가는 진짜 재수 없네요."

"전 제갈세가가 아닙니다만."

"어쨌든 제갈씨잖아요."

사마린은 툴툴거리며 그리 말했다.

본론을 꺼내기도 전에 알아서 정답을 맞춰 버리니 이야기하는 맛이 전혀 없지 않은가.

"머리 좋은 거 너무 티내지 마요. 한 대 때리고 싶으니까."

"하하. 안 그래도 마인한테도 한 대 맞았습니다."

'이 사람 머저리인가?'

그 꼴을 당하고서도 저러는 것이 믿기지 않았다.

"하아…… 아무튼 그래요. 맞아요. 당신 말대로라고요. 맞춰서 기분 좋겠군요, 흥."

'짜증이 심한 사람이군.'

입을 삐죽이는 걸 보아하니 표정에 생각이 좀 드러나는 버릇이 있는 것 같다.

제갈현몽은 조금 사마린에 대해서 알 것 같았다.

그사이 제갈준이 입을 열었다.

"물론, 단순히 보증으로 끝낼 생각은 아닙니다. 이번 기회에 형님의 술법과 녹림도로맹의 활동을 무림맹에 정식으로 인정받기 위해 힘을 써 볼 생각입니다."

"음."

"만약 형님께서 다루는 술법이 사술이 아님을 인정받는다면, 앞으로 활동하시기에도 조금 더 편해지실 겁니다."

"무림맹의 인정을 받았다고 그리 됩니까?"

"돼. 우리 당가도 비슷한 경우니까."

당화령의 말에 제갈현몽은 자기도 모르게 납득했다.

하기야, 독과 암기를 주로 사용하는 세가가 다름 아닌 사천당가 아닌가.

사천당가가 써도, 뒷세계 사파들이 써도 독은 독이고 암기는 암기.

하지만 사천당가가 쓰면 정당한 무공이고, 사파들이 쓰

면 비열하고 악독한 수단이라고 성토받는다.

"그렇게 한 번에 납득하면 좀 그런데…… 아무튼 무슨 뜻인지 알아들었으리라 들어. 아무튼 무림맹에서 나름 높으신 분들이 오는 김에 인증을 팍 박아 버리자는 거지."

"음. 그리 쉬울 것 같지 않습니다만."

명문정파의 후기지수들이다.

배경이 있고, 향후 무림을 이끌어 나갈 뛰어난 사람들인 건 맞다.

하지만, 거기까지다. 세간에서 볼 때는 아직 후기지수에 불과할 뿐이다.

배경은 있을지언정 발언에 어떤 무게감이나 신뢰감이 충분하다고 하기에는 어려운 것이다. 그리고 그건 아마 저들도 잘 알고 있을 것이다.

제갈현몽은 문득 한 가지를 떠올렸다.

"그렇군요. 술법을 가르쳐 주시길 바라는 거군요."

"……맞습니다."

여기에 모인 후기지수들은 크든 작든 제갈현몽이 가진 술법에 흥미를 가지고 있었다.

제갈준은 제갈현몽의 진법에.

사마린은 청령환과, 이 진법을 메우고 있는 공기에 대해.

당화령은 바람을 자유자재로 다루는 술법.

그리고 팽악은…….

"팽 소협은……?"

"딱히 바라는 것은 없소. 그저 친우의 형님이기에 힘을 보태 주는 것일 뿐이오."

"음, 그래도 일방적으로 도움을 받는 것은 내키지 않습니다만."

"이 정도는 도움을 줬다 하기에도 어렵지. 그럼 다음에 귀하의 힘이 필요한 때가 있으면 빌리는 것으로 하겠소."

"아, 그러면 되겠군요."

제갈현몽은 고개를 끄덕였다.

나쁘지 않은 제안이었다.

어차피 술법은 드러낼 수 밖에 없다. 그럴 때 저들의 보증이 있고 없고는 천지차이다.

게다가 녹림도로맹 또한 이번 일로 세를 크게 불렸다.

녹림도로맹에 특별히 엄청난 애착을 가지고 있는 것은 아니지만, 녹림도로맹이 귀찮아지게 되면 높은 확률로 제갈현몽도 귀찮아지게 된다.

그러한 일을 미연에 방지할 수 있다는 것은 부정적인 일은 아니었다.

거기에다가 무려 세가의 후기지수들이 술법을 배우는 것도 나름 의미가 컸다.

제갈현몽 혼자서 쓸 줄 아는 술법보다는, 명문정파의 후기지수도 쓰는 술법이라는 것은 아무래도 의미가 다를 수밖에 없지 않겠는가.

"물론, 그냥 술법을 배우겠다는 건 아닙니다."

"음?"

제갈현몽이 수락하려는 찰나 제갈준이 먼저 입을 열었다.

"보증과 술법을 가르쳐 주는 것은 별개입니다. 아무래도 대가의 균형이 맞지 않지요."

'맞는 것 같은데.'

제갈현몽은 그렇게 생각했다.

하지만 후기지수들의 생각은 다른 것 같았다.

그들에게 있어 무공은 생명보다 귀중한 것이니까.

제갈현몽이 어떻게 생각하든 간에, 고작 보증만으로 그 비전을 교환한다는 것은 정의롭지 않은 일인 듯했다.

"해서 말씀드립니다. 형님. 혹시 무공(武功)을 익혀 보시지 않겠습니까?"

"무공 말입니까?"

솔직히 별로 내키지 않았다.

'수련을 해야 하잖아.'

안 그래도 마법을 연구하는 시간도 부족한 상황.

그런데 수련을 하게 되면 그 없는 시간도 쪼개야 하지

않겠는가.

게다가 무엇보다, 제갈현몽은 몸을 움직이는 것을 그리 좋아하지 않았다.

굳이 수련을 해야 한다면 마법을 수련하고 싶었고, 그도 아니면 그저 누워서 멍 때리는 것이 제갈현몽이 바라는 것이었으니까.

"예. 물론 형님께서 무공과는 다른 길을 걷는 것은 알고 있습니다. 그래도 몸을 움직이는 법 정도는 익혀 두시는 것이 좋지 않겠습니까? 저번과 같은 일이 반복되지 않으리라는 법은 없으니까요."

"음."

맞는 소리다.

안 그래도 제갈현몽은 전투가 일어날 때면 항상 '무공을 못 쓰니까'라는 이유로 한 발짝 떨어져 관망하기는 했지만, 정신을 차려 보면 전장의 한가운데까지 진입하는 경우가 많았다.

제갈준의 말대로, 피하려고 해서 피할 수 있는 경우가 아니었다.

그렇다면 대처할 수 있는 법을 익혀 두는 것이 낫지 않겠는가.

"여러분들도 마찬가지입니까? 무공을 가르쳐 주시겠다는……?"

"그건 아니에요. 솔직히 말해서 그런 식으로 여기저기서 가르침을 받아 봤자 그 누구에게도 이득이 되는 일은 아니기도 하고. 저희는 각기 다른 방식으로 대가를 치를 거에요. 하지만, 그래도 무공은 익혀 두는 것이 좋을 거예요."

비단 제갈준과 사마린뿐만이 아니었다.

다른 사람들도 어느 정도 동감하는 눈빛을 하고 있었다.

"해 봐. 저번에 보니까 나름 눈썰미가 좋더만. 저번에 내 암기술을 한 번 본 것만으로 훔쳐 쓴 적 있었잖아."

"아."

그러고 보니 그랬던 경험이 있다.

어쩌면 생각보다 그리 나쁘지 않은 경험일 수도 있었다.

저번에 마탄을 쏘아 보냈던 것처럼, 무공을 배우면서 습득하는 무리(武理)가 새로운 마법의 방향성을 부여해 줄 수도 있으리라.

'그건 괜찮은데.'

그렇게 생각하니 무공을 배운다는 것이 꼭 마법과 별개로 느껴지지는 않았다.

"좋습니다. 그러면 그렇게 하죠. 그런데 준 동생, 혹시 어떤 무공을 가르쳐 주실 생각입니까?"

"음, 일단 기초공부터 해야겠지요."

"기초공 말입니까?"

"예. 한눈에 봐도 형님은 수련을 전혀 하지 않으신 몸이니, 일단 기본적인 근력과 체력을 만들어 드려야 하지 않겠습니까?"

"그렇군요. 그러면 준 동생이 직접 가르쳐 주시는 겁니까?"

제갈준이라면 믿을 수 있었다.

성격을 볼 때, 제갈준이라면 그렇게 무리하지 않고 적당한 수준으로 자신을 단련시켜 줄 수 있으리라.

"음? 아닙니다. 저는 사마 소저랑 같이 무림맹에 올릴 보고서와 녹림도로맹에 대한 조사 결과, 그리고 술법에 대한 견해를 담을 겁니다. 이번에 술법을 익히는 것도 그렇고요. 최대한 지적을 피하려면 당분간은 거기에 매달릴 수 밖에 없을 듯합니다."

"그러면요?"

"내가 가르쳐 주겠소."

거기에서 팽악이 거들고 나섰다.

그 믿음직스러운 모습에 제갈현몽은 빙긋 웃음을 지었다.

'조졌군.'

* * *

그랬다.

예감대로, 제갈현몽은 조져지고 있었다.

하북팽가에는 다른 세가에 비해서 한 가지 유명한 것이 있다.

근력.

신력(神力)이라는 말이 어울리는 강대한 근력.

체질부터가 다르다는 육체를 바탕으로 뽑아내는 도격은 어지간한 방어는 그대로 무시한다고 전해지고 있다.

하지만 신력을 타고났다고 해도 단련 없이는 닦지 않은 보석과도 같은 것.

하북팽가는 자신들의 장점을 극대화시키기 위해서 무수한 단련법을 궁구해 왔다.

가령, 한계의 한계까지 몸을 혹사시키는 방법이라든가.

제갈현몽이 지옥을 보기에는 반 시진이면 충분했다.

"헉, 헉, 헉."

"몸이…… 많이 엉망이구려."

"그렇, 습니까?"

"그렇소. 별로 움직이지 않아서 그런지 몸의 유연성도 떨어졌고 하체의 근육도 부족한 데다가…… 균형도 맞지 않군. 평소에 조금만 움직여도 숨이 차지 않소?"

"……."

"아무리 서생이라고 해도 몸은 좀 움직여 두는 게 낫지 않겠소?"

제갈현몽은 고개를 끄덕였다.

안 그래도 이번에 단련을 받으면서 그런 생각이 들던 참이었다.

"일단은 호흡법부터 제대로 해야겠군."

"호흡법 말입니까?"

"그렇소. 모든 움직임의 기본은 호흡이니까. 숨을 들이쉬고 내쉬는 것 말이오. 이것만 제대로 할 수 있다면 지금처럼 쓸데없이 힘이 들 일은 없을 것이오."

"그건 어째서입니까?"

"천지만물의 기운을 호흡으로 받아들이기 때문이오. 그렇다면 호흡하는 법에 따라서 그 기운을 더 많이 받아들일 수 있을 것이고. 또한, 그 기운을 아무런 생각 없이 받아들이는 것만 아니라 제어할 수 있게 된다면 어떻겠소?"

"그렇군요. 그 기운을 제어해 몸의 움직임과 일치시키게 된다면 훨씬 더 강력한 힘을 발휘할 수 있게 되겠군요."

제갈현몽의 말에 팽악은 고개를 끄덕였다.

'확실히 머리가 좋다. 단번에 호흡의 이치를 알아차리다니.'

물론, 충분하다고는 말할 수 없다.

입으로 깨달은 척 말하는 것과는 전혀 다른 이야기다.

실제로 그러한 이론을 몸으로 체화하기 위해서는 각고의 노력과 수련이 필요하다.

"그렇소. 요는 내(內)와 외(外)의 움직임을 일치시키는 것. 그것이 첫걸음이라고 할 수 있소. 일단은 그것부터 익혀 보는 것이 좋겠소만."

제갈현몽은 잠시 생각에 잠겼다.

'할 수 있나?'

솔직히 말해서, 자신이 없다.

호흡을 제대로 하고, 그 호흡을 통해 얻어지는 힘을 전신으로 내보낸다는 말이 머리로는 이해는 가도, 실제로 할 수 있을 거라고 장담할 수가 없었다.

하지만 그래도 응용해 볼 만한 여지는 있었다.

'이렇게 하면 될 것 같은데.'

마력을 일으킨다. 일으켜진 마력을 좀더 섬세하게 조정하기 위해서 수인(手印)을 맺어 술식을 구축해 내었다.

제갈현몽은 신체강화 마법을 꽤나 자주 썼다.

필요한 때가 은근히 있었을 뿐만 아니라, 꿈속에서 알렌이 가장 즐겨 쓰는 마법이 바로 신체강화 마법이었으니까.

하지만 평소에 깊게 궁구해 본 적은 없는 것이 사실이었다.

'주로 정신없을 때만 썼으니까.'

신체강화 마법의 요체는 간단했다.

해당 근육에 마력을 불어넣어 평소에 낼 수 없는 힘을 내게 하거나, 쉽게 지치지 않게 하는 것이다.

마력을 힘으로 작용하게 한다고 할 수 있다. 몸을 움직일 때 마력이 보조하는 형태로.

제갈현몽은 그걸 뒤집었다.

몸을 움직이는 것보다, 마력을 움직이는 것이 제갈현몽에게는 더욱 빠르고 간단한 길이었으니까.

"이런 식인가?"

제갈현몽은 신체강화 마법을 통해 몸을 이끌었다.

이상적인 수준은 마치 꼭두각시 인형처럼 자신의 몸을 움직이는 것이겠지만, 그건 너무 어려운 일이었다.

근육을 움직인다는 것 자체가 막대한 마력의 연산을 요구하기 때문이었다.

거기에 더해서 신체 전반을 움직인다는 것은 하나 이상의 병렬 연산을 요구하는 일이었다.

어느 쪽이든 고리 하나로는 불가능한 일이다.

하지만 어느 정도 몸을 이끄는 정도는 가능했다.

그나마도 제갈현몽의 집이라 향로의 기운이 주변에 충만하지 않았더라면 어려웠으리라.

잠시 삐그덕거리던 제갈현몽이 곧 감을 잡고는 마력의 인도대로 몸을 움직여 나갔다.

팽악의 눈에 이채가 흘렀다.

'체간이 갑자기 단단해졌다.'

제갈현몽의 움직임에 가장 문제가 되는 것이 몸의 정중선이 바르지 않아 동작을 할 때마다 몸의 흔들림이 강해진다는 것이었는데, 그게 대번에 교정되었다.

물론 조금 흔들리기는 했지만, 저 정도면 양호한 편이었다.

"알고 보니 상당히 무재를 타고났구려."

"아, 그건 아닙니다. 술법을 조금 응용했습니다."

"……술법으로 그런 것도 가능하오?"

"해 보니까 되는군요."

팽악은 잠시 제갈현몽을 바라보았다.

제갈현몽의 발언이 오만해서가 아니었다.

'뭔가 하고 싶은 말이라도 있는 건가.'

잠시 고민하는 듯하던 팽악은 고개를 흔들고는 씨익 웃었다.

"아무튼 잘됐구려."

"뭐가 말입니까?"

"그런 술법까지 써서 따라올 수 있다면, 본인의 수련에 한층 더 잘 따라올 수 있을 테니 말이오. 원래 몸 쓰는 일에 익숙치 않으니 어느 정도 가감을 할 생각이었다만…… 그럴 필요는 없겠지?"

"그럴 필요가 있을 것 같습니다!"

"무슨 소리를 하는 거요?"

팽악이 너털웃음을 터트렸다.

"이렇게 수련을 하는 것으로 새로운 가능성을 발견할 수 있었으니, 좀더 한계까지 몰아붙이다 보면 더더욱 새로운 무언가를 발견할 수 있지 않겠소?"

"……."

제갈현몽은 드문 현상을 체감했다.

맞는 말이라 반박할 수가 없다는 것이 이렇게도 기분 나쁜 일이었단 말인가.

'세상에 이런 악독한 화법이 있을 줄이야.'

평소에 자기가 하던 것은 생각하지도 않고 제갈현몽은 분노했다.

"자, 그럼 시작하지."

* * *

다행히, 송장을 치우는 일은 없었다.

겁을 주긴 했지만, 팽악은 딱 필요한 만큼 제갈현몽의 몸을 단련시켜 주었다.

그 '필요한 만큼'이 갓 태어난 사슴 같은 걸음걸이로 돌아갈 정도였지만.

그렇게 후들거리며 자신의 방으로 향한 제갈현몽은 들어오자마자 제갈준과 사마린에게서 웬 서류철을 건네받아만 했다.

"이건…… 뭡니까?"

"당신이 작성할 보고서요."

"대신 작성해 주는거 아니었습니까?"

"갈사량을 상대한 보고서를 우리 보고 작성하라고요?"

제갈현몽은 빙긋 웃음을 지었다.

"그런데 사마 소저는 왜 여기에 계속 계시는 겁니까?"

"아, 여기 있으니까 숨을 쉬는 게 편해서요. 이곳 공기가 좋네요. 제가 여기 있으면 뭔가 불편한 일이라도 있나요?"

"제가 맘 편히 쉴 수 없습니다만."

"그러라고 있는 거기도 하니까요. 자, 수련을 했어도 붓 잡을 힘은 남아 있을 거 아니에요?"

제갈현몽은 깊은 탄식을 토해 내었다.

"그래도 그것만 하면 되니까 너무 그러지 마요. 저도 소싯적에는 다 그랬어요. 수련 열심히 하고 공부도 해야 했다고요. 제갈준 소협도 마찬가지 아닌가요?"

"예. 거기에 시, 서, 화 중 하나는 필수적으로 하나 더 배워야 했습니다."

'제갈세가가 아니길 정말 다행이다.'

아무리 무림인이라고는 하지만 뭐 그렇게 힘들게 산단

말인가.

 그렇게 꾸벅꾸벅, 졸면서 보고서를 작성하던 제갈현몽은 어느덧 잠에 빠져들었다.

* * *

 "이제 어느 정도 일이 마무리되었으니, 오늘부터 형님에게 천기보를 가르쳐 드리겠습니다."

 제갈준이 그런 말을 꺼낸 것은 사흘째 되던 날이었다.

 "천기보는 선제(先制)의 보법입니다. 미리 방위를 점(占)하여 적과의 대결에서 유리한 위치를 차지할 수 있어, 마치 천기를 읽는 것과 같은 효과를 내지요."

 총 십육보의 보법을 한차례 밟아 보인 제갈준은 가볍게 멈추어 서며 말했다.

 "보시는 바와 같이, 그다지 격렬한 동작을 요구하지 않기에 형님께서 익히기 적합한 보법입니다. 가문의 무공이기는 하지만, 기초에 해당하니 형님에게 알려 드린다 해도 크게 문제될 일도 없을 것이고, 익히는 데도 그리 오래 걸리지 않을 겁니다."

 제갈준의 말대로였다.

 제갈현몽은 얼마 지나지 않아 어렵지 않게 천기보를 익힐 수 있었다.

천기보의 구결을 듣고 무리를 파악하고, 신체강화 마법을 통해 동작을 술법에 입력한 다음 반복한다.

그것만으로도 제갈현몽은 어렵지 않게 천기보의 형(形)을 익혀 낼 수 있었다.

문제는 그 다음이었다.

"안니엉."

"……저기, 준 아우님. 이거 꼭 필요한 겁니까?"

제갈현몽이 괜히 싱글벙글하게 웃고 있는 당화령을 보며 당황스럽다는 듯 제갈준에게 물었다.

대답을 한 것은 제갈준이 아니라 당화령이었다.

"무리(無理)와 형(形)을 익혔으니 이제는 실전에 가까운 연습을 해야지. 실제로 피할 수 없는 보법이 무슨 효과가 있겠어?"

'진짜 치사하군.'

어째 계속 맞는 말만 한다는 말인가.

"걱정 마. 고작해야 손톱만 한 자갈인데, 맞아 봤자 그다지 아프지도 않아."

"혹시 아프다는 기준에 대해서 자세히 들을 수 있겠습니까? 제 기준이 여러분과는 조금 다를 수도 있지 않겠습니까?"

"자, 던진다."

당화령은 이제 어느 정도 제갈현몽의 화법에 익숙해졌

는지, 씨익 웃더니 그대로 아까 전부터 던졌다 받았다 하던 작은 돌멩이를 난데없이 쏘아 냈다.

휙!

'왼쪽 어깨!'

제갈현몽은 그 궤도를 파악하고는 운기추월(雲岐追越)을 밟았다.

몸을 살짝 젖히고 회전시키면서 추진력을 얻는 보법.

당화령이 쏘아 낸 돌멩이가 왼쪽 어깨를 스치고 지나갔다.

그리고 그 순간, 허벅지 쪽에 둔탁한 통증이 느껴졌다.

"윽!"

"한 번에 하나만 던진다고 한 적은 없는데."

"한 번에 두 개 이상 던진다고 한 적도 없지 않습니까!"

"응. 그렇지?"

"……."

당화령은 그렇게 말하면서 태연하게 돌을 쏘아 냈다.

제갈현몽은 정신없이 피하거나 맞다가 입을 열었다.

"이거 언제까지 하는 겁니까…… 큭!"

"음, 내가 던지는 돌을 뚫고 일 장내로 접근할 수 있으면?"

'그 정도라면.'

어차피 당화령이 전력을 다하는 것도 아니고, 덕분에

움직임을 어느 정도 읽어 내는 것도 가능했다.

'해 볼 만하다.'

그리고 그건 제갈현몽의 오산이었다.

"헉, 헉, 후우."

"으음. 너."

당화령이 제갈현몽을 보면서 어처구니없다는 듯이 웃었다.

"무재(武才)가 꽝이구나?"

평범한 사람이라면 어느 정도 요령이 생길 법도 한데 말이다.

눈이 좋고 손재주가 좋아서 금방 따라할 수 있다고는 하지만, 거기까지.

정말 무리를 이해하고, 체화하는 것에는 모자람이 있었다.

머리로는 알고 있는데 몸으로는 감을 잡지 못하는 상태.

"……한 번만 더 해 보겠습니다."

제갈현몽은 길게 한숨을 내쉬었다.

'한 번만, 딱 한 번만 제대로 하자.'

제갈현몽은 숨을 고르고 눈을 감았다.

"근성 좋은데?"

당화령은 그리 말하면서 돌을 튕겼다.

약속이라도 하는 것처럼, 당화령은 처음 돌을 던질 때

는 항상 제갈현몽의 왼쪽 어깨를 노렸다.

수법이 다양해지는 것은 그 이후였다. 발치를 노릴 때도 있었고, 명치나 허벅지를 노릴 때도 있었다.

'오른쪽 어깨!'

휙!

제갈현몽은 빠르게 준비해 둔 술법을 통해 몸을 빙글 돌렸다. 운기추월을 좌우반전을 통해 펼친 것이다.

그리고 가볍게 뛰어 발치를 노린 돌을 피해 냈다.

'모든 상황을 상정한다.'

무공을 펼치는 재능이 없다면, 모든 상황에 대응할 수 있도록 미리 준비해 두면 되는 일이다.

그게 제갈현몽의 성향에 훨씬 잘 맞는 일이었다.

'삼 보!'

당화령의 세 번의 공격을 피해 낸 제갈현몽의 발이 지면을 내딛었고.

그대로 삐끗했다.

"어?"

이게 아닌데.

제갈현몽의 눈이 흔들리며 몸이 허우적거렸다.

"응?"

당화령의 눈도 흔들렸다.

제갈현몽의 움직임이 예상치 못하게 흔들리면서, 가슴

께를 노리던 돌이 제갈현몽의 머리로 향했으니까.

다른 돌을 던져 쳐내기도 한 발 늦은 상황.

시간이 느려진 것만 같은 체감과 함께, 제갈현몽의 눈에 자신의 이마를 향해 가까워져 오는 돌이 똑똑히 보였다.

기분 탓인지 유난히 더 뾰족하고 날카로워 보였다.

그 순간.

찌릿-

누군가가 자신을 굉장히 한심한 눈빛으로 바라보는 듯한 감각이 드는 것과 동시에.

깨달음이 제갈현몽에게 찾아왔다.

무학의 이치가 몸에 새겨진다.

마치 처음부터 무학의 도리대로 움직이고, 무학의 이치대로 생각하고 있는 것처럼 몸이 흐름을 따라갔다.

무척 자연스러웠다.

제갈현몽은 삐끗한 오른발을 비틀어 마치 처음부터 그러려고 했다는 듯 유연하게 몸을 낮추어 돌을 피해 냈다.

"제법인데!"

잠시 당황하던 당화령이 씩 웃으면서 두 번째 공격을 준비했다.

아직 튕기지도 않았는데도 불구하고, 당화령의 손에서 튕겨질 수 있는 무수한 돌의 궤적이 보였다.

그리고 그건 제갈현몽이 어떤 움직임을 해도 따라갈 수

있도록 겨냥되어 있었다.

내공도 없이 펼치는 천기보로는 결코 피해 낼 수 없는 상황.

'그러면 다른 것을 활용하면 될 뿐.'

처음 마법을 익혔을 때의 기이한 전능감과 함께, 제갈현몽은 마법의 술식을 뽑아냈다.

그것을 가공하는 것은 깨달음에 맡겼다. 그 깨달음이 제갈현몽의 술식을 재해석해 냈다.

제갈현몽은 허리춤에 있는 마법봉을 뽑아들었다.

마치 낚시를 하는 것처럼 이미 구축된 술식을 뽑아 와 몸에 받아들였고.

그렇게 천기보에 미리진의 술식이 섞여 들어갔다.

"!"

처음부터 끝까지 흔들림 없었던 당화령의 눈에 처음으로 파문이 일었다.

천기보를 밟아 가던 제갈현몽의 신형이 어느 순간 흐드러지더니, 마치 안개에 둘러싸인 듯한 변화를 일으키기 시작한 것이다.

'뭐야, 이 녀석.'

소름이 끼친다.

제갈현몽의 움직임에 어떤 적의가 있어서 그런 것이 아니었다.

무인으로서 간격을 허용하고 말았다는 것과, 자신의 간격 안에 들어왔음에도 불구하고 여전히 안개에 한 겹 싸인 것처럼 제갈현몽의 기척이 잘 느껴지지 않는다는 것에서 오는 감각이었다.

그리고 한 걸음 더.

제갈현몽은 어느새 당화령이 약조했던 일 장의 간격에 들어와 있었다.

"……."

당화령은 입을 다물었다.

제갈준도 입을 다물었다.

그리고 제갈현몽도 입을 다물었다.

세 사람 다 각자의 이유로 입을 다물고 있었다.

하지만 그것도 잠시였다.

"끄르르륵."

제갈현몽이 게거품을 물고 풀썩 쓰러졌다.

* * *

기이한 감각이었다.

무아지경. 망아의 경지.

그리고 정신을 차렸을 때, 제갈현몽은 알렌의 세계에 와 있었다.

그리고 꿈에서 본 알렌은 보법을 밟고 있었다.

방금 전에 제갈현몽이 배웠던 그 천기보였다.

"……."

사실, 어느 정도 알고 있었던 점이었다.

제갈현몽은 무재가 뛰어나지 않다.

상황 판단과는 별개로, 싸우는 데에 그다지 능하지 않았다.

순발력이 있다거나 민첩한 것도 아니었다.

하지만 중요한 순간마다, 자신이 했다고는 믿기지 않을 정도로 자연스럽게 몸이 움직이곤 했다.

이번에도 마찬가지.

'장자지몽이 이런 거였나.'

장자는 나비의 꿈을 꾸었다.

꿈을 꾸다 보니 자신이 나비가 된 것인지, 나비가 자신이 된 것인지 알 수 없었다.

그리고 서로는 서로에게 영향을 주고 있었다.

알렌이 경험을 한 것이 제갈현몽에게, 제갈현몽이 경험한 것이 알렌에게.

제갈현몽은 꿈의 간격이 들쭉날쭉한 것을 이제 어느 정도 이해할 수 있었다.

'내가 무언가 새로운 것을 더 많이 접하고, 체험할수록 꿈을 꾸는 주기가 빨라진다.'

뭔가 평소에 겪지 않았던 특별한 일을 겪을 때마다 알렌의 꿈을 꾸는 주기가 짧아진다.

 아마 자신이 겪었던 경험이 알렌에게도 무언가 자극을 주는 것임에 틀림없었다.

 '천기보 잘 밟는군.'

 이미 자신에게도 몸에 체화된 것이기도 하지만, 아무래도 그 깨달음을 준 주체다 보니 제갈현몽이 밟는 것보다 훨씬 자연스럽게 천기보를 밟아 가고 있었다.

 팽악이 가르쳐 준, 몸을 다루는 방법도 그랬다.

 제갈현몽도 단순히 지켜보고 있는 것만은 아니었다. 알렌이 몸을 쓰는 것을 보면서 자신도 어떻게 하면 될지 어느 정도 학습할 수 있었다.

 물론, 그보다 더 중요한 것은 마탑에서 배우는 마법이었지만.

 이번에 제갈현몽이 겪었던 것이 꽤 많았다는 방증처럼, 알렌은 제갈현몽의 세계에서 훔쳐 낸 무공을 익히는 것 외에도 마탑의 이런저런 가르침을 흡수해 나갔다.

 딱히 무언가를 쏘아 내고, 펼쳐 내는 것이 전부가 아니었다.

 알렌은 때로는 괴팍한 마탑의 교수 밑에서 끔찍한 비명을 지르는 식물을 캐내기도 했고(비명을 지르기 전에 때려서 기절시킨다는 방법을 썼다.).

가까이 다가가기만 해도 할퀴려고 드는 난폭한 동물과 교감하는 방법 등을 배우기도 했다(할퀴려고 할 때마다 천기보를 써서 피해 냈다.).

시간이 순식간에 흘러갔다.

어림잡아 반년은 지난 것 같은데, 제갈현몽은 눈 깜짝할 사이처럼 느껴지는 시간이 지나고.

알렌은 오래간만에 로우론과 대담을 나누고 있었다.

"오래간만입니다. 스승님. 어디 다치신 곳은 없으십니까?"

"음, 걱정해 줘서 고맙구나."

로우론은 인자한 미소를 띠며 답했지만, 그와는 별개로 어딘가 지쳐 보였다.

어떠한 사정인지는 제갈현몽도 알고 있었다.

로우론은 마탑에서도, 아니 대륙에서도 손꼽히는 수준의 대마법사였다.

그리고 그런 대마법사쯤 되면 일 년 중에 마탑에 있는 시기가 오히려 드물 정도다.

그리고 요즘 로우론이 하고 있는 것은 대륙 곳곳을 돌아다니면서 싸우는 일이었다.

마(魔)라고 불리우는 족속들과 말이다.

"뭐, 지금은 그 이야기는 그만하자꾸나. 그나저나 알렌. 잠시 못 보는 사이에 정말 많이 달라졌구나."

로우론의 말대로, 알렌은 많이 달라져 있었다.

소년의 티를 점점 벗고, 어엿한 사내가 되어 가고 있었다.

"들었다. 여전히 마탑에서 사고를 많이 치고 다닌다면서?"

"죄송합니다. 제자가 불민한 탓에 스승님의 체면에 먹칠을……."

"응? 아니다, 아냐. 원래 어렸을 때 많이 사고를 쳐야지. 나중에 나이가 들고 나서 사고를 치고 다니는 게 골치 아픈 일이다. 그리고 그 과정에서 얻는 것도 있고."

로우론은 고개를 끄덕였다.

"이 정도면 준비가 되었다고 할 수 있겠구나."

"무엇이 말입니까?"

다음 순간, 로우론의 입에서 나온 말은 제갈현몽의 가슴을 떨리게 만들었다.

"이 정도면 두 번째 고리를 만드는 것에 도전해도 되겠어."

* * *

제갈현몽은 눈을 떴다.

"이제 정신이 드십니까, 형님?"

"……."

제갈현몽은 대답하지 못했다.

뭐 이런 순간에 눈을 뜬단 말인가.

다른 것도 아니고 로우론이 두 번째 고리를 만드는 것에 도전하는 게 어떻겠냐는 말을 들은 순간에 말이다.

익숙한 천장이었다.

제갈현몽은 한숨을 내쉬면서 자리에서 일어나려다가 전신에 퍼지는 근육통에 미간을 찌푸렸다.

못 움직이거나 할 정도는 아니었지만, 잔잔한 통증이 별로 유쾌한 것은 아니었다.

"너무 안 움직이다가 움직여서, 안 쓰는 근육이 놀랐습니다. 일단 소제가 추궁과혈을 하기는 했지만, 그래도 너무 무리하지 않는 것이 좋겠습니다."

"아."

제갈현몽은 그제서야 꿈을 꾸기 전 자신이 마지막에 했던 것을 기억했다.

어째서인지 천기보의 무리가 새겨진다 싶은 순간, 미리진을 구성하는 술식과 섞어서 서로 다른 두 개의 이치를 조합해 하나로 만든…….

거기까지 생각하던 제갈현몽은 뜨거운 시선을 느꼈다.

"왜 그러십니까?"

"마지막에 형님께서 보여 주신 그 보법. 천기보면서 천기보가 아니었습니다. 대관절 그게 무엇입니까?"

"아, 그때는 너무 당황해서…… 기억하기로는 천기보와 미리진의 술식을 섞어 봤을 뿐입니다."

"천기보와 미리진을 합쳤다, 천기미리보(天機迷理步)라는 겁니까?"

천기미리보.

제갈현몽은 생각 외로 척척 입에 달라붙는 이름에 고개를 끄덕였다.

"어쩌면, 원래 그 둘은 하나였을지도 모르겠군요."

제갈현몽은 생각했다.

알렌은 마법에 관해서는 둔재에 가까웠다.

뛰어난 마력 친화력을 가지고 있지만, 정작 그것을 정교하게 짜 내어 술식을 구축하는 능력은 뒤떨어지는 편이었다.

하지만 무재(武才)는 누구보다 뛰어났다.

절감한 것은 천기보를 익힐 때였다. 제갈현몽이 아무리 머리로 이해하고 있어도 체화할 수 없었던 천기보가, 마치 당연하다는 듯이 몸에 새겨졌다.

제갈현몽이 십 년을 수련해도 얻을 수 없는 경지를 아무렇지도 않게 구축해 낸 것이다.

제갈현몽은 그 반대였다. 무재는 뒤떨어질지 모르지만, 마법에는 조금 재능이 있었다.

'그렇다 해도.'

서로 완전히 다른 두 이론을 섞어서 자연스럽게 하나로 만든다는 것은 도저히 즉석에서 가능한 일이 아니다.

"정말 그럴지도 모르겠군요."

"제갈세가에서는 전해지지 않은 겁니까?"

"원래 술종의 보법이라는 말을 듣기는 했습니다. 다만 술종이 가문에서 방출되면서 여러모로 변화가 있다고 듣기는 했습니다."

"그렇습니까?"

"예. 본래 술종은 아무나 될 수 있는 것이 아닙니다. 상단전을 활용한다고 하더군요."

"상단전?"

"상단전을 열게 되면, 하단전을 열기 무척 어렵다고 합니다. 그전에 타고나야 하는 면이 있어서, 과거에도 술종의 수는 그다지 많지 않았다고 하더군요."

제갈현몽은 상단전이 무언지 대강 눈치챘다.

자신의 머리 위에 존재하는 한 개의 고리. 바로 그것이리라.

제갈현몽은 꿈에서 알렌을 통해 보았던 지식을 떠올려 보았다.

아주 먼 옛날, 천 년도 전의 과거에는 고리가 없었다고 한다.

불완전한 형태로 마력을 활용하기는 했지만, 지금처럼 고리를 만들어 마력을 담고, 제어하고 활용하는 것은 마법이 발전하면서 점진적으로 만들어진 것이라고.

  아마 제갈세가의 술종도 마찬가지였을 것이다.

  "아무튼 그렇군요."

  "성취를 감축드립니다. 그정도면 충분히 몸을 지켜 내기에 충분하겠지요."

  "음."

  제갈현몽은 고개를 끄덕였다.

  천기보가 순수 무공의 형태로 다듬어졌다면, 천기미리보는 술법의 형태도 녹아 있어 제갈현몽이 다루기에 쉬운 것도 분명 사실이었으니까.

  "그러면 이제 더 무공 수련은 안 해도 되는 겁니까?"

  "오늘은 더 안해도 됩니다."

  "오늘은이란…… 말은?"

  "이제 첫 걸음을 내딛으셨으니, 계속 수련은 해야지 않겠습니까?"

  제갈현몽은 상냥한 미소를 지었다.

  그리고 제갈준 또한 그에 지지 않는 멋진 미소를 지어 보였다.

  과연 같은 성씨를 가지고 있는 만큼 참으로 강적이었다.

하지만 둘의 대결은 그리 오래 지속되지 않았다.

"제길, 제갈현몽! 안에 있냐? 빌어먹을, 이놈의 진법은 봐도 봐도……!"

임준규의 목소리가 들려왔다.

이내 문을 열어 주자 임준규는 그답지 않게 식은땀을 줄줄 흘리고 있었다.

"무슨 일이십니까? 그렇게 식은땀을 흘리고. 무림맹에서 사자가 찾아오기로 한 겁니까?"

"그래."

"생각보다 빠르군요. 하지만 예상했던 일인데 왜 그리 당황하고 계십니까?"

"마공서가 사라졌다."

"마공서가 말입니까?"

이제 제갈현몽의 등줄기에서도 식은땀이 흐르기 시작했다.

9장. **무림맹의 사자**

무림맹의 사자

갈사량이 가지고 있던 마공서, 흑수마령조를 비롯한 갈사량의 물품들은 모두 대룡표국에 보관되어 있었다.

거기에는 여러 이유가 있었다.

첫째, 녹림도로맹은 무언가를 보관하기에 그다지 적합한 곳은 아니었다.

전현직 산적들로 뒤덮여 있는 곳에 무언가를 소중하게 보관하고 싶은 사람은 아무도 없을 것이다.

둘째, 무림맹으로 가기에는 거리와 시간과 사람이 부족했다. 당장 제갈현몽이 앓고 있어서 성도로 옮길 수 밖에 없었다.

셋째, 후기지수나 성도의 기타 문파에 보관을 맡기기에도 애매했다.

공을 나눈다는 문제라기보다는, 그 어떤 문파도 마공서를 선뜻 맡고 싶어 하지 않을 테니까.

게다가 엉뚱한 곳에 맡겼다가 사라지기라도 한다면 그 역시 문제다.

넷째, 제갈현몽의 집에 맡길 수도 없었다.

미리진에 감싸여 있다고는 해도 제갈현몽의 집은 어디까지나 평범한 집이었다. 도저히 마공서를 보관하기에 적합한 곳은 아니었다.

그래서 대룡표국의 안 쓰는 창고에 갈사량의 물품을 보관하게 된 것이다.

물론, 그냥 보관만 한 것은 아니었다.

임준규 본인부터가 책임을 지고 철저한 경비를 한 데다가, 제갈현몽이 피곤한 몸을 이끌고 미리진과 환몽진을 이용해 창고 안에 진법을 설치해 두었다.

좁은 창고라는 것을 감안해 어느 정도 개량을 거쳐, 마공서를 찾을 수 없게 이리저리 구조를 꼬아 둔 상태.

"누군가가 불을 질렀어. 큰 불은 아니었고, 겉만 그슬리고 꺼진 불이기는 했지만…… 진화를 하기 위해서 수많은 사람이 들락날락거렸고."

"진법도 깨졌겠군요."

"그래. 불이 꺼지고 점검을 하고 나니, 마공서가 감쪽같이 사라져 있었다. 아마 불을 끈 사람 중 한 명이 범인이겠지."

당연하지만 진법은 만능이 아니다.

무궁무진한 현상을 일으킬 수 있지만, 역으로 무궁무진한 방법으로 진법이 깨질 수 있었다.

무수한 사람들이 들어와 헤집어 놓게 된다면 당연히 깨질 수 밖에 없었다.

"그건 큰일이군요."

"역시 그렇습니까?"

제갈준이 고개를 끄덕였다.

"아무리 예기치 못한 일이라고는 하지만 무림맹에선 결코 이 일을 좌시하지 않을 겁니다. 이번 일로 압박을 가해 올 테지요."

"마공서를 잃어버린 것도 아니고, 누군가 훔쳐갔는데 말입니까?"

"고의인지 아닌지 판단하는 건 무림맹이고. 이번 기회에 녹림도로맹의 고삐를 쥘 수 있으면 더할 나위 없을 테니까요."

담담한 사실에 제갈현몽도 납득했다.

후기지수들과 어울리면서 이런저런 이야기를 들었다. 그리고 제갈현몽도 그때 녹림도로맹이 생각보다 더 많이 무림의 주목을 받고 있다는 사실을 알게 되었다.

"아무튼 알겠습니다. 그러면 무림맹의 사자가 오기 전

에 서둘러 찾아야겠군요."

"그게 사실……."

임준규가 말을 하다 말고 머뭇거렸고, 그 모습에 제갈현몽이 싱긋 웃었다.

"혹시 무림맹의 사자가 도착했습니까?"

"……어떻게 알았냐?"

제갈현몽은 뒷골이 당겨 오는 것을 느꼈다.

하늘도 무심하시지, 어떻게 하필이면 마공서가 사라진 순간 무림맹에서 사자가 도착한단 말인가.

"누구죠? 감찰사 누구라고 말하진 않던가요?"

그때, 대문을 열고 사마린이 들어오며 임준규에게 물었다.

"예, 사마 소저. 그 천여향(天如珦)이라고 했습니다.

"매화광…… 아니, 매화선자(梅花仙子)?"

사마린의 미간이 찌푸려졌다.

제갈현몽도 이제 사마린에 대해서 어느 정도 알았다.

그녀는 꽤나 예민하고 신경질적인 편이었다. 억누르려고 하는 것 같기는 하지만, 자신의 마음에 안 드는 일이 있었을 때에는 미간이 찌푸려지는 버릇이 있었다.

"아시는 분입니까?"

"사적으로는 모르는 사이에요. 하지만 그럭저럭 아는 편이죠."

사마린은 그렇게 말하면서 툇마루에 걸터앉았다.

"무림맹이 어떤 구조로 이루어져 있는지는 알죠?"

"예. 구파를 중심으로 한 도가, 불가의 문파들로 해서 중심을 이루고 있고, 그 뒤를 각종 세가나 문파들이 지탱하고 있는 형태라고 하시지 않았습니까."

"구파라고는 하지만, 사실 엄청나게 견고한 형태의 문파만 있는 건 아니에요. 천여향의 화산파 또한 그중 하나고요."

"화산파 말입니까?"

"얼마나 알아요, 화산파?"

"화산에 있다는 것 정도밖에는 모릅니다."

사마린은 고개를 끄덕였다.

"말 그대로 화산파는 화산파예요. 화산에 모여 있는 많은 도가들 중에서 무공을 쓴다 싶은 도관들이 뭉쳐서 하나의 연합을 이룬 형태에 가깝죠. 뿌리는 비슷비슷하다고 알고 있고, 무공의 교류가 무척이나 자연스러워서 거의 한 문파나 다름없다고는 하지만…… 아무튼, 그녀는 화산파에서 매화파에 소속되어 있어요."

"매화파 말입니까?"

"예. 매화파. 화산에 매화를 피워 내고 싶어 하는, 어딘가 이상한 사람들의 집단이죠."

사마린은 그렇게 말하면서 얕게 헛웃음을 지었다.

그녀로서는 이해가 되지 않았다.

화산은 그 자체로 꽃이었는데 갑자기 뜬금없이 매화는 왜 튀어나온단 말인가.

"일전에 이런 일이 있었죠. 화산파를 매화밭으로 만들어 버리겠다고 사방팔방 경공술을 시전하면서 매화나무의 씨앗을 여기저기 흩뿌렸다고 하더군요. 그것도 화산파의 매화파를 제외한 모든 도관의 추격을 뿌리치면서……."

"허, 왜 그랬답니까?"

"몰라요. 아무튼 어딘가 이상한 곳이고, 매화선자는 그 매화파의 훌륭한 일원 중 하나죠. 얼마나 매화에 미쳐 있는지, 매화나무로 된 목검을 항상 패용하고 다닌다더군요."

'아. 확실히 이상한 사람이다.'

제갈현몽은 사마린의 평에 고개를 끄덕이지 않을 수 없었다.

"하지만 그게 왜 문제라고 말씀하시는 겁니까? 확실히 특이하기는 합니다만, 그게 지금 무슨 상관이……."

"자신만의 세계에 있는 사람이니까요. 당신이 생각하기에, 매화에 미쳐서 돌무더기 산에 매화를 피우겠다는 사람들이 다른 사람의 말을 잘 들을 것 같나요?"

"아하."

제갈현몽은 그 말에 나지막한 탄성을 내뱉었다.

"그리고 소문도 별로 안 좋아요. 언제 어떻게 튈지 모르는 데다, 일단 행동하기로 마음먹으면 반드시 행하곤 하죠. 어떤 사고를 쳐서라도. 무림맹에서 그녀의 뒤치다꺼리를 하기 위한 전담반이 있다면 믿겠어요? 그리고 최악은……."

"최악은?"

"그녀가 절정의 고수라는 데 있어요."

"그건 진짜 최악이군요."

제갈현몽은 고개를 끄덕이지 않을 수 없었다.

남의 말을 듣지 않고 묘한 신념까지 있는 데다가 무공까지 강하다면 최악이라고밖에 표현할 도리가 없다.

"사실입니다. 마인과 결탁하고 있다는 정사중간의 문파에 들어가 한 문파를 쑥대밭으로 만들어 버린 전적도 있으니까요. 결과적으로 마인이 있었던 건 맞았지만, 그게 아니었다면 꽤 큰일로 발전할 수도 있었던 사안이었습니다."

제갈준조차 손사래를 치며 그리 말하자, 제갈현몽은 후기지수들의 반응에 납득했다.

"음, 알겠습니다. 그러면…… 준비를 조금 해 두는 게 좋겠군요."

제갈현몽은 그렇게 말하더니 잠깐 방에 들어갔다가 나왔다.

이내 무언가 작성하고 나와 마법의 열기로 먹물의 물기를 말린 뒤 서찰을 제갈준에게 넘겼다.

"형님, 이건······?"

"아, 혹시 몰라서. 일단 대충 사정은 알겠습니다. 가죠."

대룡표국은 그다지 오래 걸리지 않았다.

애초에 제갈현몽의 직장이기도 하니까.

'하지만 이렇게 낯설게 느껴지는 것도 처음이군.'

처음 도착하자마자 보인 것은, 대룡표국의 안팎을 둘러싸고 출입을 통제하고 있는 낯선 사람들이었다.

표정은 굳어 있고, 내뿜는 기세는 무척이나 삼엄하기 그지없다.

바로 무림맹의 하급 무사들이었다.

"빌어먹을, 우리 표국인데."

임준규가 그 광경이 마음에 들지 않았는지 혀를 찼지만, 정말이지 어쩔 수 없는 일이었다.

군소리를 한 번 하는 것으로 마음을 달랜 임준규가 앞으로 나서며 말했다.

"데리고 왔소!"

"음."

무림맹의 무사들이 사람을 훑어보더니 고개를 끄덕였다.

"학창의. 윤건. 큰 키. 인상착의와 일치하는군. 당신이 요즘 소문이 자자한 제갈 선생이오?"

"저 말입니까?"

난데없이 지목당한 제갈준이 당혹해했다. 그러자 제갈현몽이 고개를 끄덕였다.

"그렇습니다."

"……."

표정 하나 변하지 않고 대꾸하는 모습에 많은 사람들이 제갈현몽을 바라보았다.

심지어 그 시선에는 제갈준 또한 포함되어 있었다.

"그래. 그럼 당신만 들어오도록. 천 감찰사께서 독대를 원하셨소."

"어째서지요?"

"그야 저는 당사자에게서만 이야기를 듣고 싶으니까요."

안에서 청아한 목소리가 흘러나왔다.

무림맹의 무사가 황급히 자세를 바르게 하는 사이, 대룡표국의 문이 열렸다.

안에서 모습을 드러낸 것은 흰색 도복을 갖춰 입은 긴 머리카락의 여도사였다.

등에는 목검, 한 손에는 진검을 들고 있었는데 어딘지 모르게 속세에서 벗어난 분위기를 풍기고 있었다.

자기소개는 한 마디도 하지 않았지만, 그 자리에 있는 모두가 그녀가 천여향임을 직감했다.

"실질적으로 이번 마인을 찾아서 잡는 데 공을 세운 것은 여러분들이 아니라 제갈현몽이라고 하는 사람이라고 들었는데. 아닌가요?"

"모두의 힘이 있었기 때문에 가능한 일 아니겠습니까?"

"예, 아니에요. 듣자 하니 후기지수들은 마인 얼굴도 보지 못했고, 그냥 꽁무니만 쫓아다니다가 녹림도로맹의 보호를 받았다고 그러던데요?"

표현이 무척 자극적이었지만, 내용 자체는 맞는 말이었기에 후기지수들은 입이 있어도 말을 하지 못했다.

"그렇지 않나요, 제갈준 소협?"

"……그렇습니다. 만나서 영광입니다. 천 여협."

"네. 반가워요. 그러면 당신이 요즘 강호에 소문이 자자한 제갈현몽이겠군요. 방금은 왜 그런 거짓말을 한 거죠?"

천여향이 그리 말하면서 날카롭게 눈을 좁혔다.

단지 그뿐인데, 날카로운 압박감 같은 것이 느껴졌다.

마치 백척간두에 서 있는 것만 같은 오싹한 기분.

그걸 느끼며 제갈현몽이 입을 열었다.

"거짓말을 하지 않았습니다."

"무슨! 방금 전에는……!"

"최근에 강호무림에 명성을 떨치고 있는 제갈 선생이라고 하면 당연히 제갈세가의 삼준 중 하나인 제갈준 소협이 아니겠습니까?"

"……."

저러다 칼 한 번 맞는 거 아닐까?

아니, 어쩌면 칼 한 번만으로는 부족할 수도 있겠다.

천여향의 말에 화가 난 상황에서도 사마린은 그렇게 생각하지 않을 수 없었다.

심지어 천여향조차도 어처구니가 없어 하는 표정이었다.

"흐음. 듣던대로 꽤 재미있는 사람이네요. 아무튼 좋아요. 강호 무림에서 상대적으로 덜 명성을 떨치고 있는 제갈 선생. 제가 용무가 있는 건 당신이에요. 만났으니 묻지요."

천여향은 빙긋 웃으면서 물었다.

"마공서를 가지러 왔는데, 마공서가 없네요. 그런데 정말로 사라진 게 맞나요?"

긴장감이 대번에 높아진다.

무림맹의 무사들은 미리 그렇게 하기로 약속이라도 한 것처럼 기세를 높였다.

그리고 그 기세에 다른 사람들도 대응하듯 기세를 북돋았다.

태연한 것은 제갈현몽뿐이었다.

'숨 쉬기 답답하군.'

그리 생각하면서, 제갈현몽은 고개를 슬슬 흔들고는 물었다.

"무슨 의도이십니까?"

"별건 아니에요. 흔한 이야기죠. 어쨌든 마공서는 나름 대로 높은 가치를 지닌 물건이니까요."

천여향의 말은 사실이었다.

일반적으로 마공서는 피해야 할 물건이다. 하지만 모두가 마공서를 기피하고 멀리하는 것은 아니다.

때로는 마공서를 원하는 곳도 있었는데, 대표적으로 사파의 무인이 그랬다.

무림맹의 영향력에서 상대적으로 자유로운 사파들은 너무 정도가 심하지 않다면 마인과도 연합하는 경향이 있었다.

물론 대놓고 하는 것은 아니었지만, 그 외에도 무림맹의 영향력이 약한 곳에서는 마인들이 보다 자유롭게 설치는 경향이 있었다.

그런 자들에게 마공서는 생각보다 꽤나 비싼 값에 팔리는 물건인 것이다.

"그걸 왜 저한테 물으십니까?"

"이상하잖아요? 창고에 보관하고 있었다고 했는데, 거

기에 진법이라는 것을 펼쳐서 엄중히 보관하고 있었다고 했지요? 그런데 사라졌으니…… 당연히 의심스러울 수밖에 없지 않겠어요?"

천여향은 그렇게 말하면서 제갈현몽을 빤히 쳐다보았다.

의미를 알 수 없는 눈빛.

사마린이 급히 나서서 변호했다.

"그 말은 이상하네요. 이 사람은 저희랑 항상 같이 있었는데 눈을 피해서 마공서를 훔쳤다는 얘긴가요?"

"아, 그런 얘기는 아니었어요. 그냥 한번 물어본 거랍니다."

"꽤나 불쾌한 느낌의 질문이라고 생각하지 않나요?"

"제 일이 사람을 유쾌하게 하는 건 아니라서요. 천에 하나, 만에 하나라도 가능성이 있다면 뽑아 봐야 하지 않겠어요?"

사마린과 천여향의 사이에서 묘한 긴장감이 흘렀고.

긴장감을 먼저 잘라 낸 것은 천여향이었다. 금세 흥미가 없다는 듯 사마린에게 시선을 거두고 제갈현몽에게 손짓한 것이다.

"그러니, 일단 따라오시죠."

"잠깐, 아직 이야기를 하던 중이에요!"

"사마 소저."

9장. 무림맹의 사자 〈159〉

제갈현몽은 고개를 흔들었다. 그리고 가볍게 제갈준에게 눈짓하고는 천여향의 뒤를 따라갔다.

도착한 곳은 불에 그슬려 조금 검게 변한 창고였다.

다행히 큰 화재로까지 번지지는 않아서, 건물도 크게 상하지 않고 굳이 부수거나 하지 않아도 될 정도였다.

"그래서, 이제 저는 뭘 하면 됩니까?"

"……왜 그런 말을 하는 거죠?"

"그냥 저 혼자 불러낸 이유를 생각해 보았습니다. 아무 이유 없이 다른 사람들을 내쳐 가면서 저 혼자만을 불러낼 이유. 제게 뭔가 시험해 보고 싶은 일이 있어라고 생각했습니다만, 아닙니까?"

"맞아요."

천여향은 선선히 고개를 끄덕였다.

"오면서 여러가지 소문을 들었거든요. 이야기 속의 제갈공명처럼 앞날을 내다본다는 말이 있던데. 그런 사람이라면, 사라진 마공서를 찾는 것 정도는 쉽지 않겠어요?"

"아닙니다만."

제갈현몽이 도대체 무슨 소리를 하냐는 듯 천여향의 말을 잘라 냈다.

"다 와전된 겁니다. 설마 촛불 켜 두고 하늘에 빌어서 수명 연장을 꾀했다는 얘길 정말 믿는 건 아니지요?"

"……."

제갈현몽의 시선에 천여향이 입술을 꼭 다물었다.

맞는 말이다. 맞는 말이긴 한데…….

별 괴이한 일을 벌여 놓고서 뻔뻔하게 말하니 단전 아래에서 알 수 없는 폭력적인 욕구가 치솟아 오르는 것만 같았다.

"아무튼 알겠습니다."

"알겠다뇨? 찾을 수 있다는 건가요?"

"아뇨. 일단 해 보기는 해야 더 안 시킬 것이 아닙니까. 어쨌든 제가 쓰는 술법을 보고 싶다는 것이지요?"

정곡이었다.

제갈현몽은 천여향을 내버려 두고는 창고를 천천히 관찰했다. 그리고 고리를 돌려 마력을 끌어올렸다.

술식을 구축하고, 감각에 적용하는 마법을 펼쳐 내자 제갈현몽의 시야에 마력의 막이 한 꺼풀 덧씌워졌다.

마력을 통해 얻어지는 정보를 시각의 형태로 바꾼 것이었다.

보이는 것은 무수한 발자국, 불에 타서 조금은 재질이 달라진 창고의 벽, 아직도 공기 중에 남아 있는 탄 냄새가 연기처럼 흩어지고 있는 모습이었다.

'너무 어지럽군.'

제갈현몽은 마법봉을 흔들어 과도한 정보를 걸러 냈다.

"뭐 하는 거죠?"

"그냥 별거 아니고, 흔적을 찾아내는 술법입니다."

"흠…… 뭔가 보이나요?"

"일단 범인은 혼자입니다. 그다지 건장한 체구는 아니고…… 한 번도 발뒤꿈치를 쓰지 않고 발가락만 닿을 정도로 날래군요. 불씨는 화섭자를 사용한 모양인데, 저기 쓰고 남은 잔해가 있군요. 일단 불을 지르고 창고 안에 들어왔는데, 애초에 불을 크게 지를 생각은 없었나 봅니다. 아마 창고에 들어와 불을 끄는 사람과 자연스럽게 합류할 생각이었겠지요."

천여향은 순간 할 말을 잃었다.

분명 방금 와서 잠깐 본 게 전부인데 그게 다 보인단 말인가?

"그게 보인다고요?"

"그냥 보입니다만. 아, 혹시 천 여협도 보시겠습니까?"

"……네. 해 보시죠."

제갈현몽은 고개를 끄덕이고는 자신에게 부여된 마법을 해제하고(고리가 하나라 중복 적용은 어려웠다.) 그대로 천여향에게 마법을 덧씌웠다.

'그러고 보니까 다른 사람에게 쓰는 건 처음인데.'

그렇게 생각해 보고 천여향에게 술식을 부여하려는 순간이었다.

술식을 부여하기 전에 잠깐 멈추고, 잠시 천여향을 바라보았다.

왠지 모르겠지만 지금 이대로 부여하면 안 될 것 같았다.

천여향은 절정의 고수. 굳이 의식하지 않아도 전신의 기(氣)가 자연스럽게 소통하고 있는 상태일 것이다.

어설프게 술식을 부여했다가는 오히려 단숨에 깨부숴지고 반동이 올 것이 뻔했다.

'그럼…… 이러면 되겠군.'

제갈현몽은 마법봉을 흔들어 약간 술식을 변형시키고, 그대로 천여향의 기운에 순응할 수 있도록 개조한 마법을 천여향에게 부여했다.

그리고 다음 순간.

천여향의 눈이 화등잔처럼 커졌다.

"이게 대체……?"

"예. 아무튼 그걸 이용해 봤습니다. 검은색으로 흐르고 있는 게 보이십니까?"

"보여요. 그런데 어떻게 제 기운에도 거스르지 않고?"

"그렇게 만들어진 술법이니까요. 아무튼 그거, 마기의 잔향입니다."

"마기의 잔향이라고요? 그게 가능한가요? 마공서가 사라진 지 꽤 지났는데."

"가능한가 보지요."

남 일이라는 듯이 말하는 제갈현몽에, 천여향은 약간 손을 떨었다.

때리고 싶은 생각에서 그런 것만은 아니고, 순수하게 놀라워서였다.

'시간이 지난 마기도 추적할 수 있다니!'

물론, 무인들도 기감을 세우게 되면 마기를 탐지하는 것이 가능하다.

하지만 이런 식으로, 오래된 흔적까지 탐지하는 것은 거의 불가능에 가깝다고 할 수 있었다.

"이거, 누구나 가능한 건가요? 마기의 잔향을 보는 술법."

"안 가르쳐 봐서 모르겠습니다만 아마 가능하지 않겠습니까? 그나저나 잡담할 시간 없습니다. 얼른 마공서가 있던 부분부터 찾으시죠."

천여향은 고개를 끄덕이다가 문득 이상함을 느꼈다.

'왜 내가 움직이고 있는 거지?'

잠시 입을 삐죽인 천여향이 제갈현몽에게 말했다.

"이거 해제하고 공자가 찾으시죠."

"그럴 필요는 없습니다. 어디에 있는지는 사실 알고 있으니까요."

"……그런데 왜 저한테 찾으라고 한 거죠?"

"신기해하는 것 같아서 그랬습니다만."

그렇게 말하곤 제갈현몽은 대뜸 마공서가 있는 곳으로 향했다.

거기에는 마공서를 제외한 갈사량의 물품 같은 것이 모여 있었다. 잠시 그 주변을 마법봉으로 뒤적이던 제갈현몽은 고개를 끄덕였다.

"여기에서 가져갔고. 다른 사람들과 함께 섞여서 나갔습니다. 그리고 다른 사람들이 뒷수습을 하고 있을 때 유유히 대룡표국을 빠져나갔군요. 이제 그 흔적을 따라가면 되겠지요."

제갈현몽은 그렇게 말하면서 천여향에 눈에 걸린 술법을 풀어 내고는 다시 자신에게 부여했다.

"가시지요. 앞장서겠습니다."

대룡표국을 나선 제갈현몽은 천천히, 서두르지 않고 발걸음을 향했다.

시내를 지나고, 마을 밖을 나서자 숲이 나왔다. 날씨는 꽤나 무더웠고, 벌레도 많았다.

"모기가 많네요."

"슬슬 여름이니까요."

천여향은 제갈현몽을 바라보았다.

모기가 많다고 말하는 것치고 제갈현몽은 딱히 모기에 시달리는 것처럼 보이지 않았다.

아니, 천여향의 눈으로 보니 애초에 제갈현몽에게 모기가 달라붙지도 않고 있었다.

"그거, 어떻게 한 거죠? 모기가 이상하게 저한테만 달라붙는 기분이 드는데요."

"아, 별거 아닙니다. 이번에 모기같은 미물의 심령 정도는 제압할 수 있는 술법을 얻었는데, 그걸로 저한테 오지 말라고 한 것뿐입니다."

천여향은 미묘한 눈으로 제갈현몽을 바라보았다.

어쩐지 아까 전부터 묘하게 자신에게 벌레가 많이 달라붙는다 싶었던 것이다.

나직하게 한숨을 쉰 천여향이 등을 들썩여 목검을 뽑아내곤, 가볍게 휘둘렀다.

후웅-!

단순히 휘두른 것이 아니었다.

거기에 포함되어 있는 경력이 경로에 있는 날벌레 따위를 단숨에 쫓아낸 것이다.

'확실히 고수는 고수다.'

제갈현몽은 여전히 무공에 대해서는 잘 모른다.

하지만 방금 천여향이 아무렇지 않게 펼친 검법이 그 누구보다 유려하다는 것 정도는 알 수 있었다.

"이제 좀 낫군요."

"대단하군요. 설마 검 한 번 휘둘러서 벌레들을 모조리 쫓아내는 것이 가능할지는 몰랐습니다."

"그런 검법이니까요. 화려하고, 무수한 변화를 간직하고 있지요. 그나저나."

천여향은 걸음을 멈추었다.

목검도 거두지 않고 손에 들고 있는 채였다.

"이제 슬슬 그만 가도 될 것 같은데요. 안 그래요?"

"확실히 그렇군요."

제갈현몽은 고개를 끄덕였다.

"아무튼, 마공서를 훔쳐 간 범인이 숲으로 도망치기라도 한 건가요?"

"그건 아닙니다. 사실 이곳에 온 건 마공서랑은 아무런 상관이 없습니다."

"그럼요?"

"하지만 범인이 여기에 있기는 하죠."

제갈현몽은 그리 말하고는 마법봉을 들고, 가볍게 까딱여 술식을 구축했다.

이미 준비되어 있던 술식이었다.

마치 팽팽하게 당겨진 시위를 놓는 것처럼, 마법봉을 까딱인 순간 평범한 숲이 삽시간에 진식으로 뒤덮였다.

미리진을 발동시킨 제갈현몽이, 표정이 굳은 천여향을 바라보았다.

"이정도면 다 보여 드린 것 같습니다만, 뭔가 더 보고 싶은 거라도 있나요? 더 없다면, 이쯤에서 마무리하는 게 어떨까 싶습니다."

"……무슨 소리를 하는 건지 모르겠는데요."

"마공서, 가져간 거 감찰사님 아닙니까. 아무리 그래도 창고에 불을 지른 건 좀 심했습니다."

천여향은 웃었다.

"왜 그렇게 생각하시나요?"

"그냥, 좀 여러모로 이상하다고 생각했습니다."

사실 제갈현몽은 마공서가 사라졌다는 말을 들은 순간부터 위화감을 느끼고 있었다.

만약, 천여향의 말대로 누군가가 마공서를 탐내고 있었다고 한다면 지금까지 기다린 것은 이상하다.

무림맹의 사자가 올 때까지 기다렸다가 마공서를 훔치는 간 큰 도적이 과연 존재할지부터가 의심스럽지 않은가.

또한 무림맹에서 이렇게 사람이 오는 게 오래 걸린 것 역시 그랬다.

마공서가 정말로 중요하다면, 그보다는 빨리 왔어야 하지 않았겠는가.

게다가 엄밀히 말해 녹림도로맹은 무림맹에서 포상을 받아야 하는 입장.

설령 마공서를 잃어버렸다 한들, 부자연스럽다 싶을 정

도로 태도가 고압적이었다.

마치 어떻게 나오는지 보겠다는 것처럼.

"아닙니까?"

"증좌가 있나요?"

"지금 천여향 여협의 품 속에 있지 않습니까. 갈사량의 마공서 말입니다."

"……놀랍네요. 제 내공으로 마기를 누르고 있었는데. 창고에서의 술법으로 본 건가요?"

"그건 아까 눈치챘습니다."

"이 숲속의 진법도? 미리 펼쳐 둔 겁니까?"

"그런 셈이지요. 아, 이걸 펼칠 준비를 한 것은 제갈준 소협입니다."

뭔가 어떤 예감이 들었다.

'애초에 우리가 한 준비는 의미가 없었을지도 모르지.'

애초에 무림맹에서는 방침을 미리 정해 두고 왔을지도 모른다는 생각.

고작해야 마공서 하나 가지러 오는 거다. 감찰사가 오는 것까지는 그러려니 해도, 무림맹의 무사까지 대동한다는 것은 누가 봐도 이상한 일이었다.

단순히 마공서를 받으러 온 것 같지만은 않았다.

때문에 제갈현몽은 만약의 경우를 대비해 숲속에 미리 진을 설치해 달라는 부탁을 해 두고 나온 상태였다.

딱히 적대하려는 것은 아니었지만, 만약의 사태에서 자신의 몸 하나는 피할 수 있는 조치를 취하려고 한 것.

"그래서, 이건 일종의 시험이었습니까?"

"그런 셈이죠."

천여향은 순순하게 인정했다.

"어째서입니까? 대룡표국이나 녹림도로맹을 시험하는 거라면 몰라도, 저는 왜?"

"정말 몰라서 묻는 건가요?"

"알 것 같습니다만, 그래도 직접 듣고 싶군요."

"사실, 공자는 꽤나 많은 사람들의 주목을 받고 있어요."

"주목이랄 게……."

"한번 그동안의 행적을 읊어 볼까요? 평범한 작은 표국의 서생으로 취직하고 얼마 지나지 않아 지역을 어지럽히던 도적 무리를 격멸하는 데 주요한 공을 세웠죠. 그 모습이 마치 제갈공명의 환생 같아서 무후재림이라는 별호를 획득했고. 거기에 그치지 않고 대룡표국과 하오문의 지부인 만금전장, 정사중간이라고 일컬어지던 철화방 세 단체를 모아 하나의 세력을 일구어 내는 데 주요한 역할을 했어요. 여기까지 틀린 게 있나요?"

"없습니다."

"이제는 세가의 후기지수들과 모종의 수단으로 연을

맺고, 마인을 추살함으로써 녹림도로맹의 평판을 얻고 보다 내실을 다졌지요."

"내실을 다졌다는 건?"

무슨 소리를 하냐는 듯 천여향이 대꾸했다.

"산적들을 연쇄 살인하던 마인을 잡으면서 이제 인근 산적들이 자진해서 녹림도로맹에 투신하고 있다던데요."

"……몰랐습니다만."

잠깐 신경 안 쓴 사이에 어느새 일이 그렇게 진행되고 있었단 말인가

제갈현몽이 할 말을 잃은 사이 천여향은 흥이 올라 설명을 이어 나갔다.

"이제 아셨으니 다행이네요. 아무튼 그 과정에서 공자의 명성이 널리 퍼지고 있어요. 녹림도로맹에는 산적왕이라고 불리는 절정의 고수와, 그 곁에는 지낭(智囊)이 있어서 실로 천하제일이라. 강호에 녹림의 물결이 도래할 것이다…… 뭐 그런 말이죠."

머리가 지끈지끈 아프다.

제갈현몽의 입장에서는 전혀 의도하지 않은 일이었는데, 다른 사람들은 전혀 그렇게 생각하지 않으니 문제였다.

"어때요, 제갈 공자. 이상하지 않나요? 적지 않은 빚을 지고 있던 문사 집안의 서생이, 하루아침에 다른 사람이

된 것처럼 변모하곤 이런 일을 벌인다니."

당연히 이상했다.

그렇게 생각하면서도, 제갈현몽은 입을 놀렸다.

"인간은 무한한 가능성을 가지고 있습니다. 대기는 만성이라 하듯 충분히 가능한 이야기라고 생각합니다. 드넓은 강호 어디에서나 일어날 수 있는 그런 이야기 말이지요."

"와. 제갈세가 사람을 많이 만나 봤지만 공자가 최고네요. 자기 자신도 안 믿는 이야기를 정말 당당하게 말씀하시는 걸 보면."

"제가 어찌 그분들께 비견되겠습니까. 그 말씀은 거두어 주시지요."

"칭찬 아니에요."

제갈현몽은 한숨을 내쉬었다.

천여향의 말을 듣고 있자니, 정말이지 자신이 수상쩍인 인물처럼 느껴져도 할 말이 없었다.

이래저래 탄식하고 싶었지만, 그럴 때가 아니었다.

'좋게 생각하자.'

이 난관만 넘어가게 된다면 모든 일은 순탄하게 풀릴 테니까.

"그래서 이런 일을 벌이신 겁니까?"

"당신이 어떤 사람인지 궁금했거든요. 어떤 뜻이나 야

망이 있어서 이런 일을 벌인 건지. 무림맹으로서는 파악할 필요가 있었어요."

'아니, 그래도 불 지르는 건 좀 심했지.'

제갈현몽은 그 말이 목구멍까지 치솟았지만 애써 억눌렀다.

상대는 절정의 무림맹 고수였다.

사마린에게서 들었던 매화선자의 기행을 생각해 보면 이쯤에서 끝나서 다행이라고 생각하는 게 차라리 나으리라.

"……게다가 당신이 쓰는 건 마공은 아닐지언정 너무나도 기이하죠. 원리도 연원도 알기 어려운, 그야말로 신선 같은 술법. 정체를 알 수 없으니 당연히 주의를 기울여야 하지 않겠어요?"

"말씀드렸다시피 저는 제갈세가의 일파였던 술종의 말예입니다. 제가 쓰는 술법들은 거기에서 기인한 것이었고요."

"그럼 왜 지금에야 두각을 드러낸 건가요? 그런 능력이 있었다면 진작에 지금보다 더 좋은 환경을 구축할 수 있었을 텐데요."

천여향은 말을 맺고는 제갈현몽을 지그시 바라보았다.

어디 할 말 있으면 해 보라는 듯한 모습.

제갈현몽은 긴 한숨을 내쉬고는 말했다.

"그래서, 천 여협께서는 제가 마인처럼 보이십니까?"

"……확실히, 마인은 아닌 것 같네요."

마인들이라고 항상 마기를 풀풀 풍기고 다니는 것은 아니다. 능숙한 마인들은 일반인과 다름없이 마기를 잘 은폐하고 다닌다.

하지만 어쩔 수 없이 마공을 드러낼 때나, 혹은 심리적으로 동요했을 때는 어쩔 수 없이 마기를 뿜어낼 수 밖에 없는데 적어도 제갈현몽에게는 그러한 점이 없었다.

만약 제갈현몽의 술법이 마공과 맞닿아 있었다면, 천여향에게 마법을 걸었을 때 그녀는 어떠한 반응을 했을 것이다.

"하지만 그냥 내버려 둘 수도 없어요."

"어째서입니까?"

"공자가 무림에 모습을 드러낸 지 얼마 되지 않았는데 이런 일이 일어날 정도면, 나중에는 어떻겠어요?"

천여향의 말은 제갈현몽도 순간 납득할 뻔할 정도의 설득력이 있었다.

"저는 그저 눈앞의 불똥을 치웠을 뿐입니다."

"하지만 앞으로 더한 불똥이 될 수도 있을 텐데 무림맹의 비호 아래에 있는게 낫지 않을까요?"

천여향도 천여향대로 제갈현몽을 어떻게든 확보하고 싶었다.

첫째로, 제갈현몽의 능력이 탐이 났다.

둘째로는.

"제가 보기에, 공자는 여러모로 위험해요. 짧은 시간에 너무 많은 명성을 얻었으니까요. 그리고…… 그것만은 아니에요."

"제가 몰고 올 변화가 위험하다는 것이로군요."

천여향은 고개를 끄덕였다.

당금 무림에는 마인이라는 것이 존재한다.

상리(常理)에서 벗어나, 인간이라기보다는 요괴에 가까운, 괴력난신(怪力亂神)과도 같은 존재.

그리고 그런 존재들은 혼란스러운 가운데 나타나기 쉬웠다. 제갈현몽이 그런 혼란을 불러올 존재일 수도 있으니 마인을 감찰하는 천여향으로서는, 도저히 그런 위험을 감수하기 어려웠다.

그런 천여향의 말을 이해하면서도, 제갈현몽은 무림맹에 투신할 생각은 들지 않았다.

"좋은 변화일수도 있지 않습니까."

"증명할 수 있나요?"

"증명 말입니까."

제갈현몽은 본능적으로 이 문답이 어떠한 기로라는 것을 깨달았다.

다음 대답에 따라, 천여향의 행동도 크게 변화하리라.

그렇기에 바로 대답하지 않고 제갈현몽은 눈을 감고 생각에 잠겼다. 그리고 곧 결론을 내렸다.

'결국, 내가 할 수 있는 건 단 하나다.'

이 모든 변화가 단 하나에서 비롯되었으니.

응당 그 변화가 긍정적인 것이라는 것을 증명하는 것도 그 하나여야 하지 않겠는가.

마법.

생각을 정리한 제갈현몽이 눈을 떴다.

"천 여협. 저와 내기를 하나 하지 않으시겠습니까?"

"……갑자기 무슨 말씀이시죠?"

"제가 어떤 말을 하면, 천 여협께서는 그것이 불가능하다고 하실 겁니다. 그걸 제가 가능하게 하면 제가 내기에서 승리하는 것이고, 아니면 천 여협이 승리하는 걸로 하지요. 무림맹에 투신하도록 하겠습니다. 하지만 제가 승리하게 되면, 저를 잠시 지켜봐 주시지요."

천여향은 아미를 찡그렸다.

말만 들으면 무척 자신만만한 것이었지만, 기실 천여향에게 무척 유리한 것이었다.

'내가 불가능한 것이라고 먼저 인정해야 하니까.'

잠시 고민하던 천여향은 고개를 끄덕였다. 그러자 기다렸다는 듯 제갈현몽이 손가락으로 천여향의 등 뒤를 가리켰다.

"그 목검. 매화나무로 만들어진 목검이라 했지요."

"예. 아시나요? 매화는 세상에서 가장 아름다운 꽃이고, 그 꽃을 피우는 매화나무는 세상에서 가장 멋진 나무죠. 그래서 저는 그 나무로 목검을 만들었답니다. 아! 불경하게도 살아 있는 것을 죽인 건 아니에요. 어떻게 만들었냐면……."

"그 목검으로 펼친 검법도 아름다웠습니다. 추측하건대, 그것도 매화를 바탕으로 만들어진 검법이겠지요?"

"맞아요. 용케 알아보시는군요! 아시겠나요, 이 아름다움을?!"

'좀 무서운데.'

별말 안 한 것 같은데 천여향의 말이 빨라지고 목소리의 높이도 조금 높아졌다. 얼굴에는 약간의 홍조도 돌고 있었다.

그 모습에 제갈현몽은 약간 깨는 느낌이었다.

분명 방금 전만 해도 신비롭고 청아한 선자(仙子)느낌이었는데, 지금은 뭐랄까.

좀 멀리하고 싶은 사람이었다.

"그래서요?"

"멋진 검법이었지만, 한 가지 부족한 것이 있었습니다."

들떴던 천여향의 표정이 일순간에 차갑게 굳었다.

"……들기로는 공자는 무공은 모른다고 들었는데요."

"그건 이제 잘못된 이야기입니다. 저는 이제 무공을 압니다. 보법을 하나 배웠거든요."

"아, 보법을요……. 그래서요? 보법을 배운 공자께서 보시기에는 제 검에 어떤 것이 부족하던가요?"

제갈현몽의 말에 천여향의 눈은 더더욱 차갑게 식었다.

"검은 매화를 그리고 있으나, 향이 나지 않으니 어찌 매화를 온전히 표현했다 할 수 있겠습니까?"

"……!"

제갈현몽의 입에서 나온 말이 천여향의 뇌리를 강타했다.

귀로 파고든 음성이 고막을 강타했고, 고막이 울리면서 들리는 제갈현몽의 말을 뇌가 해석했다.

'이것도 설마 술법의 일종인가?'

그 정도로 너무도 달콤하고 마음을 흔드는 말이었다.

혹시나 해서 내공을 끌어올려 보았지만 동요한 마음이 가라앉는 일은 없었다.

너무도 멋진 생각이었다. 왜 그런 생각을 지금까지 하지 못했을까 싶을 정도로…….

그러다가 정신을 차렸다.

"아니, 그런 게 가능할 리가 없잖아요. 말이 되는 소리를 하세요! 어떻게 검을 휘두르는데 매화향이 나겠어요?"

지극히 상식적인 반론에 제갈현몽은 빙긋 웃었다.

"불가능하다고 하셨군요."

"……!"

"혹시 그 목검, 잠깐 빌려주시겠습니까?"

"목검을요?"

"예. 딱히 제가 목검을 들고 있다고 뭐 문제될 건 없지 않겠습니까?"

"……조심해서 다뤄야 해요."

제갈현몽은 고개를 끄덕이면서 천여향에게서 목검을 건네받았다.

오래 사용했는지 목검은 때가 탔으면서도 잔가시 하나 없이 깔끔했다. 제갈현몽은 그것을 들고 방금 전, 천여향의 내공의 흐름을 떠올렸다.

천여향의 내공심법의 기운은 매화나무와 닮아 있었다.

모든 살아 있는 것들은 기운을 품고 있다.

목검이 된 매화나무도 지금은 죽어 있지만, 한때는 기운을 품고 있었을 것이다.

'그럼 그 흐름을 서로 잇는다면 어떨까.'

기운이 다시 흐를 수 있도록, 매화나무에 기운이 흐를 수 있는 통로인 술식을 새기게 된다면.

어쩌면 아주 잠깐이지만 매화나무는 다시 살아 있는 것처럼 기운을 흐르게 할 수 있으리라.

말하자면 마법봉을 만드는 것과 비슷한 원리였다.

다만, 단순히 마법봉을 만드는 것보다는 훨씬 고도의 집중을 요하는 작업이라는 것이었다.

흐르는 것이 마력이 아닌 내공이니 그것도 고려해야 했다.

'기운을 흐르게 하는 것만으로는 부족해.'

끊어진 기운의 맥을 잇고, 생명력을 증폭시키는 술식을 덧씌우고, 그 두 개 술식이 서로 충돌하지 않도록 제어하고…….

이는 복잡하게 얽힌 실타래를 풀어내는 것처럼 복잡하면서도 주의를 요해야 하는 작업이었다.

한편.

'뭘 하는 거지?'

천여향은 제갈현몽이 대단히 집중하고 있는 것을 보며 궁금해했지만 기다렸다.

증명할 기회를 준 만큼, 기다리는 것은 천여향의 의무였으니까.

그리고 잠시 후.

"천 여협, 목검을 돌려드리겠습니다."

"……."

천여향은 목검을 건네받았다.

'따듯해.'

제갈현몽은 목검의 날 부분을 받치고 들고 있었으니 따듯해진 것은 체온 때문이 아니었다.

검병을 잡자 마치 손에 착 감기는 듯한 일체감이 느껴졌다.

마치 자신과 같이 호흡하고 있는 듯한.

"……뭘 한 거죠?"

"한번 내공을 담아 휘둘러 보시지요. 그걸로 제 대답을 대신하겠습니다."

백문이 불여일견.

천여향은 고개를 끄덕이고는 휙-하고 목검을 휘둘렀다.

"……!"

천여향의 코끝에, 희미하지만 그래서 더 아련하게 느껴지는 매화향이 스쳐 지나갔다.

마치 벼락이 정수리부터 용천혈까지 떨어지는 듯한 느낌.

지금까지, 살면서 단 한 번도 그러한 것이 가능할 것이라고 생각하지 않았다.

그리고 그것이 가능하다는 것을 알게 된 천여향은 저도

모르게 눈을 감았다.

 깨달음의 시간이었다.

* * *

 과연 천여향은 두 개의 별호를 가지고 있었다.

 하나는 매화선자. 그리고 달리 부르는 별호로…….

 '매화광녀(梅花狂女).'

 "정말로 실례가 많았습니다, 제갈현몽 공자님. 혹시 제 무례한 태도가 기분에 거슬린 것은 아니겠지요? 설혹 그렇다면 소녀의 사죄를 받아 주세요. 무릎 꿇을까요? 지금 꿇으면 되겠지요? 자, 보세요. 꿇었어요. 이 제가, 무림맹 감찰사 천여향이 무릎을 꿇었습니다."

 "저는 괜찮으니 제발 아까 전 모습으로 돌아와 주십시오……."

 방금 전과는 결이 다른 공포에 제갈현몽은 식은땀을 흘리면서 그리 애원했다.

10장. **유지(有志)**

유지(有志)

 매화선자 천여향은, 어릴 적 마인에게 가족을 잃었다.

 갑작스러운 일이었다. 전조도, 아무런 복선도 없이 산간 마을에 찾아온 마인은 다짜고짜 사람들을 마구 죽여 버리기 시작했다.

 마공의 증진을 위해서라고 했다.

 '나의 마공의 발전에, 너희 같은 유상무상한 버러지들이 도움을 줄 수 있는 것이다. 기쁘게 죽어야지 않겠느냐?'

 천여향의 부모님은 자식을 살리기 위해 애썼다.

 천여향을 도망치게 하고, 낫이나 괭이를 들고 마인에게 맞섰다. 하지만 그런 것으로 마인을 상대할 수는 없었다.

 부모가 죽고 천여향조차도 죽을 뻔하려는 찰나, 나타난 것은 화산파의 무인이었다.

그는 마인을 단숨에 참살했다. 매화를 닮은 검법으로 말이다.

사부는 화산파 중에서도 매화파에 속하는 무인이었다. 천여향이 펼치는 매화검법의 기초도 그 사부가 만들어 준 것이었다. 완성하지 못했지만.

사부가 마두에 의해 죽음을 당한 이후, 천여향은 매화검법을 완성하기 위해 진력을 다했다.

하지만 아무리 검을 휘둘러도 사부를 죽인 원수는 나타나지 않았고, 매화검법을 완성하기 위해 넘어야만 하는 벽도 넘어설 수 없었다.

"그러던 와중에 공자께서 깨달음을 준 거예요."

천여향은 말투는 돌아와 있었지만, 그 태도는 아까 전보다 훨씬 부드러워져 있었다.

무인에게 무공은 목숨과도 같은 것이다.

하물며 그 벽을 허물게 도와주었다.

만약 사술이나 편법이었더라면, 애초에 찾아오지 않았을 깨달음이었다.

천여향에게 있어서 제갈현몽은 목숨의 은인이나 마찬가지인 것.

"오래가지는 않을 겁니다."

"상관없어요. 된다는 것을 알았으니까, 나중에는 저 혼자 할 수도 있을 거예요. 그리고 어쩌면 나중에는, 철검으로도 매화향을 뿜어낼 수도 있겠지요."

그렇게 말하면서 천여향은 웃었다.

그 뒤로, 이야기는 일사천리로 흘러갔다.

천여향은 녹림도로맹에 대한 이야기를 듣고는 무림맹에 녹림도로맹의 이야기를 상신하겠다고 했으며, 이번 갈사랑에 대한 보상도 적절하게 받을 수 있도록 조치하겠다고 했다.

"하지만 조심하셔야 해요. 녹림도로맹을 탐탁지 않게 보는 사람들이 있다는 것은 사실이니까요."

무림맹에서 다소 난폭하게 나온 이유 중 하나는 무림맹에 소속된 다른 거대 문파나 철화방에 은원을 가지고 있던 상단 등이 압력을 넣은 까닭도 있다고 했다.

이번은 넘어가지만, 다른 사람들이 많은 시선을 보내고 있다고.

"그리고 그 중심에 있는 것은 공자예요."

"저 말입니까."

"예. 무후재림이라는 이야기가 끊이질 않고 있으니까요. 무림맹에서는 사실상 녹림도로맹의 중심이 공자라는 것으로 분석했고, 제가 볼 때는 그게 별로 틀리지 않을 것 같네요. 조심하시는 게 좋지 않을까요?"

"……."

"무공이 되었든, 술법이 되었든, 아니면 다른 외력이

되었든 몸을 지킬 수 있는 수단은 마련해 두는 게 좋을 수도 있어요. 녹림도로맹이 공자 덕분에 만들어진 것이라면, 반대로 적(敵)들은 제갈 공자만 어떻게 하면 녹림도로맹을 와해시킬 수 있다고 생각할 테니까요."

그건 제갈현몽도 절감하고 있는 이야기였다.

"그게 아니더라도 공자의 신비한 술수를 보고 탐내는 자들이 많겠지요. 특히 마두들 또한 그래요. 평범한 인간을 공양하는 것보다, 무언가 특별한 혈통이나 재주를 가진 사람을 더 높게 치는 경향이 있으니……."

"으음."

"그래서 제안인데. 혹시 무림맹에 투신해 보진 않으시겠어요?"

"무림맹에 말입니까?"

천여향은 고개를 끄덕였다.

사실, 무림맹에 투신한다면 많은 문제들이 해결이 될 테니까.

무림맹에 소속되어 있는 제갈현몽을 어지간한 사람들은 건들지 못할 것이다.

다소 신기한 술수를 쓴다고 해도, 무림맹 소속으로서 강호의 평화를 지키기 위해서 사용한다면 그 누구도 뭐라 하지 못할 것이다.

게다가 직위도 생기는 셈이니, 지금보다 훨씬 여러 가

지 자료에 접근할 수 있을 테고 희귀한 재료 따위도 제공받을 수 있을 것이다…….

"말씀은 감사하지만, 죄송합니다."

"어째서죠?"

"처음부터 본의는 아니라고는 하지만, 어쨌든 관여해 버렸으니 어찌 그냥 손 놓고 지켜보겠습니까. 끝까지 최선을 다해 보아야지요."

"선조님처럼 지조를 지키겠다는 건가요?"

"최소한 잘못된 길로 가지 않도록 도와야겠지요."

딱히 선조님처럼 촉(蜀)을 위해 제 한 몸 불사르겠다는 각오까지는 아니었지만, 그래도 제법 정이 쌓인 상태였으니.

"그리고, 굳이 무림맹의 소속이 아니더라도 도움은 드릴 수 있겠지요. 제가 대단한 것을 할 수 있는 것은 아니지만, 필요하다면 조력을 아끼지 않겠습니다."

"……그건 참 반가운 말이네요."

천여향은 반색했다.

사실, 제갈현몽의 능력은 놀라웠다.

특히 마기의 잔향을 추적할 수 있는 능력은 더더욱 말이다.

'그런 것이 있다면 어쩌면 거마(巨魔)를 상대할 수 있을지도 모르지.'

10장. 유지(有志) 〈189〉

강호에는 무림맹에서도 쉬이 건드릴 수 없는 거마들이 존재했다.

여러가지 이유로 말이다.

너무 강대하거나, 세력을 구축하고 있다든가, 종적을 알 수 없다든가 하는 식으로.

무림맹이 활발히 활동하고 있음에도 불구하고 모든 마(魔)를 몰아낸 것은 아니었다.

그리고, 제갈현몽에게 있어도 나쁜 거래는 아니었다.

'굳이 무림맹에 소속되지 않더라도 이런 식으로 연을 맺으면 안전망을 만들어 둘 수 있을 테니까.'

그렇게 제갈현몽과 돌아온 천여향은, 제갈현몽의 활약으로 인해 마공서를 되찾았으며, 이번 피해로 일어난 모든 일은 무림맹에서 책임지기로 했다는 식으로 일을 마무리했다.

제갈준이나 사마린 등, 몇몇 후기지수들은 뭔가를 눈치챈 것 같기는 했지만 딱히 크게 지적하지 않았다.

무림맹의 사람들이 떠나가고 나자, 대룡표국에서는 크게 안심할 수 있었다.

제갈현몽에게도 일상이 찾아왔다.

별로 바람직한 일상만은 아니었다.

'아, 출근하기 싫다.'

　　　　　＊　＊　＊

무림맹이 물러나고 난 이후로, 제갈현몽은 꽤나 바빠졌다.

일단 제갈현몽은 아직 대룡표국의 일원이었다.

출근하자마자 표국주에게 불려간 제갈현몽은 오래간만에 임충과 마주했다.

"요즘 자네 얼굴을 통 보기 어렵군."

"사정이 있었습니다."

"그건 나도 알고 있네. 하지만 뭐랄까, 조금 아쉬워서. 나만의 작은 장자방을 빼앗긴 것만 같은 느낌이야."

제갈현몽은 약간 소름이 끼쳤다.

말은 좋았지만, 무슨 빼앗긴 연인을 바라보는 것 같은 시선은 그만두었으면 좋겠다는 생각이었다.

"그래, 이제는 일은 대충 마무리된 거지? 자네가 할 일이 많다네."

"할 일 말입니까."

"표국이 최근 들어 급성장을 했으니. 그에 맞추어 몸집도 불려야겠고, 내실도 다져야겠지. 돈이 들어갈 일도 적지 않고."

"으음."

제갈현몽은 고개를 끄덕이지 않을 수 없었다.

천여향은 은연중에 말했다. 사천의 많은 문파들이 압력을 가했다고 말이다.

"혹시 다른 표국이나 문파의 견제를 받고 있습니까?"

"없다고는 할 수 없네. 시비도 간간이 걸리는 편이고……. 최근에 창고에 불이 난 것을 두고 대룡표국의 신뢰도에 문제를 삼는 자들도 적지 않네. 아마 다른 표국의 사주를 받은 자들이 퍼트린 소문이겠지."

"……."

"뭐, 상관없네. 오히려 이번 기회에 내실을 다질 기회로 삼을 수 있으니까. 이런 난관 한두 개 돌파하지 못해서야 어찌 사천제일표국을 논할 수 있겠는가?"

임충은 그리 말하면서 오히려 미소를 지었다.

'슬슬 야망이 드러나는군.'

원래부터 임충은 야망이 있는 편이었다.

양가상단과의 계약을 맺기 위해 부지런히 움직이는 등의 행동력만 봐도 알 수 있는 사실이었으니까.

"이제 인력을 대거 채용할 생각이네. 자네가 표국을 비우는 일이 잦으니, 이번 기회에 자네를 대룡표국의 총관으로 올리고 그대의 업무를 대신할 사람도 필요하고."

"총관 말입니까?"

파격적인 인사였다.

얼마전까지만 해도 그냥 평범한 서생이었는데, 아무리

능력을 드러냈다고 한들 갑자기 총관이라니.

'아, 애초에 총관이 없었지.'

중소 표국에 불과한 대룡표국이었기에 가능한 일이기도 했지만, 부담스러운 일이기도 했다.

"죄송합니다만 국주님. 저는……."

"너무 부담스러워할 필요는 없네. 어디까지나 직책이 그렇다는 것이지. 자네에게 뭔가 책임을 부과할 생각은 없으니. 그냥 대룡표국의 소속임을 잊지만 않아 주고, 가끔 필요할 때마다 도와주기만 하면 되네."

"그러면 출근 안 해도 됩니까?"

"……너무 좋아하는 거 아닌가?"

임충은 다소 떨떠름한 표정을 지었지만, 고개를 끄덕여 주었다.

"자네가 알아서 판단하고 행동하게나."

참으로 반가운 말이었다.

임충과의 대담을 마치고 난 뒤에, 자신의 자리로 온 제갈현몽은 그러나 그런 자신의 생각이 조금 틀렸다는 것을 깨달았다.

'……할 일이 많군.'

제갈현몽이 이런저런 일을 하는 사이, 봐야 하는 일, 처리해야 하는 일들이 상당히 많이 쌓여 있었다.

도저히 미룰 수 없는 일 따위는 다른 사람들이 맡아서

해결하기는 했는지 어느 정도 처리가 되어 있었지만, 그래도 제갈현몽이 보기에는 만족스럽지 못했다.

뭐랄까, 심기를 거스르는 기분이었다.

집에 돌아왔는데, 방이 깨끗하지 않고 마구 어지러져 있는 광경을 보는 느낌이랄까.

알 수 없이 피가 끓는 듯한 느낌.

'선조님도 이런 느낌이셨을까.'

제갈공명의 일화를 떠올려 보던 제갈현몽은 한숨을 내쉬었다.

오랫동안 표국의 업무를 내팽개친 것도 사실. 어쩔 수 없는 책임감을 절감하지 않을 수 없었다.

그리 생각하면서, 제갈현몽은 밤이라도 샜는지 서류더미에 얼굴을 처박고 자고 있는 임준규를 마법봉으로 쿡 찔러 깨웠다.

"일어나십시오, 임 표사님. 일해야지요."

"……."

임준규는 잠시 혼이 빠져나오는 듯한 표정을 지었다.

그렇게 어느 정도 표국의 업무를 마무리하고 집에 돌아왔다.

물론 하루 사이에 모든 업무를 처리한 것은 아니었다.

하지만 괜찮았다. 제갈현몽은 이제 총관이 되었고, 임준규에게 일감을 몰아줄 수 있는 총관이라는 일인지하

만인지상의 자리에 올랐으니까.

물론, 돌아왔다고 해서 일이 모두 끝난 것은 아니었다.

"아, 돌아왔네. 왜 이렇게 늦어요?"

"모르셨습니까? 보통 사람들은 일이라는 것을 합니다."

"때려치지? 내가 고용할게."

"어머, 화령아. 선약은 내가 먼저 잡았는데."

"응 그렇지? 근데 선착순도 아니고, 선택하는 건 저 녀석이잖아."

"여러분, 제발 싸우지 말아 주시겠습니까? 어차피 형님이 표국을 그만둔다면 당연히 제갈세가로 올 텐데."

제갈현몽은 빙긋 웃었다.

'다 꺼졌으면 좋겠군.'

하지만 그럴 수 없었다.

첫째로, 다 자신이 쌓은 업보였다.

둘째로, 저들이 자신보다 셌다.

'서둘러 약조한 것을 지켜야겠다.'

그전까지는 아무것도 못할 것 같았다.

* * *

제갈현몽은 이번에 후기지수들과 약조했다.

여러 가지 협력해 주는 대가로, 술법을 가르쳐 주겠다고.

사실, 이번에 후기지수들은 별로 도움이 안 됐다.

결국 마인을 쓰러트리는 데 있어서도, 무림맹과의 협상을 하는 데 있어서도 말이다.

하지만 그렇다 하더라도, 후기지수들과 연을 만들어 둬서 나쁠 것은 없는 것도 사실.

그리고, 후기지수들도 대가를 약속했다.

제갈준은 천기보를 가르쳐 주었으며, 향후 제갈세가의 서책을 보내 주기로 되어 있었다.

당화령은 당가창에 방문하고, 원하는 물건을 하나 만들 수 있는 권한을.

그리고 사마린은 청령환의 공급과, 각종 희귀한 약재들을 지원해 주기로 한 상태였다.

나름대로 대가가 따르는 일이었다.

그리고 개인적으로 궁금하기도 했다.

'과연 다른 사람에게도 마법을 가르쳐 줄 수 있을까?'

그런 개인적인 호기심도 적지 않게 작용한 것도 사실.

그리고 시작하자마자 제갈현몽은 그게 별로 쉽지 않다는 것을 깨달았다.

"후…… 술종의 세력이 그리 크지 못했던 이유를 알겠군요."

한동안 마력을 느껴 보려고 노력했던 제갈준이 가장 마지막에 포기하며 그리 말했다.

"이미 하단전이 열린 사람은, 상단전을 열기가 무척 어렵습니다."

"그러면 술법은 익히지 못하는 건가요?"

이 상황에서 가장 실망한 것은 다름 아닌 사마린이었다.

제갈현몽의 술법을 통해서 자신의 체질을 개선할 수 있을 것이라는 희망을 가지고 있었으니까.

그리고, 사마린은 이 희망을 놓을 생각이 없었다.

'만약 내가 술법을 익히는 것이 불가능하다면, 그게 가능한 사람을 확보하면 돼.'

사마린의 눈빛이 음험하게 빛났다.

사마세가의 사람답게, 그녀는 본래 가지고 싶은 것이 있으면 무슨 수를 써서라도 가져야 직성이 풀렸다.

그 날카로운 포식자의 눈이 제갈현몽을 향했다.

제갈현몽은 그 눈빛에 약간 긴장하면서, 입을 열었다.

"술법은 익히지 못하겠지만, 그래도 불가능하지는 않을 것 같습니다."

내공과 마력을 동시에 다루는 것은 불가능하다.

하지만 천기미리보를 만들면서, 서로 타협점을 찾는다는 것은 불가능하지 않다는 것을 깨달았다.

천여향의 매화검법에 매화향이 나게 한 것도 결국은 같은 이치였다.

"만류귀종(萬流歸宗)이라 하였습니다. 불가능할 것은 없겠지요."

"가능하다는 건가요?"

"예."

굳이 술법에 집착할 필요는 없었다.

요는 내공으로도 비슷한 일을 할 수 있으면 되는 것 아니겠는가.

마법을 펼치기 위해서는 술식을 구축할 필요가 있다. 그리고 무공을 제대로 펼치기 위해서는 초식과 같이 특별한 투로를 사용하거나 내가적인 내공 운용이 필요하다.

그렇다면, 초식이나 내공 운용에 술식을 자연스럽게 녹여 내면되는 것 아니겠는가.

물론 쉬운 일은 아니었다.

그나마 쉬운 것은 진법의 경우였다.

자연지기를 적극적으로 활용하는 진법의 경우에는, 극단적인 경우 내공이나 마력이 전혀 없는 자가 설치하더라도 정해진 규칙에 따라 진법을 설치하면 발동시킬 수 있었다.

제대로 지형을 배치하고, 갑골문자로 진의 제어를 변화시킨다면 연구에 따라 응용이 얼마든지 가능하리라.

그리고 사마린에게는 향로의 술식을 응용해 내공으로 청령환의 약성을 증폭시키는 방법을 가르쳐 주었다.

향로의 술식과 청령환은 꽤나 궁합이 맞았다.

예상대로라면 굳이 향로 없이도 유사한 효과를 낼 수 있으리라.

당화령에게는 경풍(勁風)을 제어할 수 있는 요령을 알려 주었다.

팽악이 말하기를, 무인은 신체와 내공의 흐름을 일치시켜 위력을 증대시킨다고 했다.

제갈현몽은 당화령에게 조언했다.

"신체와 내공의 흐름을 일치시키는 것처럼, 바람과 내공의 흐름을 일치시켜 보는 것부터 시작하지요."

초식을 발하면서 자연스럽게 나오는 경풍을 제어할 수 있는 단위를 쪼개고, 다시 쪼개고 쪼개서 아주 작은 단위에서까지 제어할 수 있는 것.

제갈현몽이 처음 마법을 익히자마자 당연히 할 수 있는 것이었다.

"참 쉽지요?"

"……."

아무튼 그렇게 후기지수들에게 간단히 술법을 가르쳐 주고 나면 그제서야 개인 시간이었다.

'진짜 너무 열심히 사는 것 같은데.'

얼마 전까지만 해도 조금 여유로웠던 것 같은데, 갑자기 일이 폭풍처럼 밀어닥치는 느낌.

약간 피곤함을 느끼면서도, 제갈현몽은 자리에 눕지는 않았다.

어떻게 보면 가장 중요한 일이 남아 있었으니까.

마두 갈사량과, 귀곡자이자 자신의 아버지가 남긴 기록을 연구하는 일이었다.

* * *

본래, 무림맹에서는 마두의 물건은 마공서나 마구(魔具)를 제외하면 폐기하는 것이 원칙이었다.

마기가 깃들지 않았다고는 해도, 어떤 영향을 미칠지 모르는 것이었으니까.

갈사량의 물건도 본래대로라면 같은 전철을 밟았을 것이다.

하지만 그건 곤란했다.

'아버지의 기록도 있으니.'

제갈자의는 서생치고는 자주 집을 비우는 사람이었다.

지금 생각해 보면, 아마 술법의 연구를 위해서 자리를 비웠으리라. 그리고 그 술법의 연구가 진행된 곳은 다름 아닌 귀혈곡이었을 테고.

얼마 없는 아버지의 연구였기에 제갈현몽은 갈사량 토벌의 보상으로 그 기록물을 요구했고, 천여향은 다소 곤란해하면서도 그것을 용인해 주었다.

'일단은 갈사량의 기록부터.'

갈사량의 출신인 만독문은 독을 주로 다룬다.

그중에서도 특히 독충을 자주 다루었다. 때로는 교접을 통해, 전혀 새로운 독을 얻어 내기도 했다.

갈사량이 주로 다루던 자독문(刺毒蚊)이라고 하는 독모기 또한 그중 하나였다.

갈사량을 토벌하고 방치하는 과정에서 독물들은 죽거나 어디론가 사라져 버렸지만, 갈사량은 꽤나 많은 독충의 알을 보관해 두고 있는 상태였다.

개중에는 자독문과는 달리 아예 깨우지도 못한 독충의 알도 있었다. 그만큼 다루기 까다로운 독충들이 많다는 뜻이지만, 그럭저럭 할 수 있을 것 같았다.

알렌의 꿈에서도 제법 많은 성질 더러운 마법 생물을 다뤄 본 적도 있었는 데다가, 갈사량이 쓰던 심령제압술의 술식도 개량을 끝낸 상태였으니.

이러한 독물들을 다루려는 이유는 간단했다.

호구지책을 위해서였다.

제갈현몽의 고리 하나로는 몸을 지키기 어렵다. 거기에서 사용되는 것이 바로 이러한 촉매(觸媒)였다.

해당 촉매를 사용해 공정을 건너뛰거나, 혹은 촉매 자체를 변환시켜서 술식에 보다 더한 위력을 꾀할 수 있는 것.

실제로 제갈현몽은 바람을 이용해 독을 꽤나 유용하게 쓰지 않았던가.

다만 바로 시작할 수는 없었다.

'으음, 돈이 든단 말이지.'

이러한 독물들을 부화시키고 키워 내기 위해서는 나름의 환경을 조성할 필요가 있었는데, 괜히 갈사량이 자독문 하나만 전문적으로 키워 낸 것이 아니었다.

적당히 더러운 물 정도에서도 잘 자라는 자독문과는 달리 다른 독충들은 세심하게 환경을 조성해 주고, 먹이도 신경 써서 줘야 했다.

심지어는 독충은 아니지만 흑철잠이라는 곤충도 있었다.

이 벌레는 누에 주제에 뽕잎을 먹는 것이 아니고, 철광석을 섭취한다.

그마저도 허리가 휘는데, 또 희귀한 광석을 주기적으로 먹이지 않으면 죽는다고 한다.

너무 많이 먹어도 죽는다. 그렇다고 너무 적게 먹어도 죽는다…….

'엄청나게 까다롭군.'

알렌의 꿈 속에서도 그러한 것들이 있었다.

마법 생물을 다루고, 키우는 법을 배울 때에도 조금이라도 비위를 잘못 맞추면 죽어 버리거나, 아니면 아예 적대감을 가지고 공격까지 하곤 했으니까.

하지만 그것만 어떻게 견뎌 낸다면, 꽤나 유용할 것 같았다.

서책에 따르면, 잘 기른 흑철잠은 자신이 먹은 광석들의 성분이 듬뿍 함유된 실을 자아낸다고 한다.

그렇게 자아낸 흑잠사는 내공을 잘 먹을 뿐만 아니라, 무척이나 질기고 단단해서 어지간한 도검에도 상처를 입지 않는다고.

'필요하긴 해.'

딱히 미래를 예견하는 재주가 없더라도 알 수 있었다.

자신은 아마 별로 자신이 그러고 싶지 않더라도, 각종 사건에 휘말릴 것이고, 그 과정에서 마구마구 구를 것이다.

기왕 구를 거라면, 맨몸으로 구르는 것보다 흑잠사로 만들어 낸 옷을 입고 구르는 것이 낫지 않겠는가.

'돈이 필요하겠군.'

물론 나중의 이야기였다.

아무리 제갈현몽이 마법에 재능이 있다고는 하지만, 술식을 잘 짜는 것만으로 흑잠사 같은 희귀한 벌레를 키울

수는 없는 노릇이었으니까.

 아무튼 그 동면 중인 흑잠사를 살펴보는 것을 마지막으로(먹을 게 없어서 그런지 깨어나지 않았지만, 죽지는 않았다.) 제갈현몽은 마법봉을 까딱여 갈사량의 물건 따위를 정리하고는 길게 숨을 내쉬었다.

 이건 약간 긴장이 될 수밖에 없었다.

 '아버지.'

 귀곡자.

 자신의 아버지, 제갈자의가 남긴 일지가 거기에 있었다.

* * *

 제갈자의에 대한 기억은 사실 그다지 선명하지 않았다. 하지만 아들에게는 어디까지나 평범한 아버지이긴 했다.

 서책을 읽는 것을 좋아하고, 제갈현몽에게 글을 가르치고. 가끔 불리할 때 어떻게 대처해야 하는 법을 알려 주었다.

 가령, 제갈현몽이 자신의 어머니가 누군지 물어보았을 때 느물느물하게 답변하면서 넘긴다거나 하는 식으로.

 '별로 좋은 아버지는 아니었나?'

 뭔가 추억이다 보니 조금 기억이 왜곡되는 것 같다.

아무튼, 그런 아버지였지만 적어도 지금까지 살면서 단 한 번도 술종이 어떻다느니 하는 말을 꺼내진 않았었다.

정황상 술종의 말예였고, 어느 정도 술법에 대해 알고 있으면서도 말이다.

그러다가, 어느날 갑자기 제갈현몽에게 은자 오만 냥의 빚을 남기고 사라져 버렸다. 자신이 돌아오지 않는다면 죽은 것으로 생각하라는 말과 함께.

불리한 것을 말하지 않을지언정, 거짓말은 하지 않는 사람이었다.

제갈자의가 사라진 지 삼 년째 되는 해에, 제갈현몽은 제갈자의가 죽었다고 생각하기로 하고 삼년상도 치렀다.

만수에게는 그나마 있는 유산 없는 유산 전부 맡기면서 반드시 다 갚을 터이니 기다려 달라고 하기도 했고.

그걸로 끝이었다.

하지만 인생이라는 것이 참으로 묘해서, 이렇게 아버지의 기록을 다시 보게 되니 감회가 새로웠다.

[나는 아무래도 재능이 있는 편인 듯하다. 어렵지 않게 상단전을 열 수 있었고, 천기도 어느 정도 읽을 수 있었다. 상단전의 기운, 신기(神氣)로 어느정도 천기에 개입하는 것도 가능했고.

백 년에 한 번 나오는 재능을 가졌으면서도, 나는 생각했다. 술종은 가망이 없다고.

술종은 몰락했다.

애초에 술사가 되기 위한 재능을 타고나는 것은 극히 어려운 일이다. 상단전이 열려 있어야 하며, 상단전과 하단전을 양립(兩立)시키는 것은 이론적으로만 가능한, 극히 지난한 일이다. 대부분의 범인(凡人)들은 한 가지만을 선택할 수 밖에 없겠지.

그리고 그 선택지에서 굳이 술법을 선택해 봤자 얻을 수 있는 것은 체계도 이론도 없이 성공할지 어떨지 알 수 없는 능력이다.

나는 예전부터 이 길에는 미래가 없다는 것을 깨닫고, 다음을 생각했다. 나중에 내 후손에게는 이러한 길을 물려주지 않을 것이라고.

내가 불가능한 일을, 굳이 후손들에게 물려줘서 고통을 줄 필요는 없지 않겠는가.]

거기까지 읽고 제갈현몽은 저도 모르게 생각했다.

'아버지······.'

생각보다 잘난 척이 심한 사람이었다.

* * *

제갈자의에 적혀 있는 술종의 상황은 긍정적이지 않았다.

기존의 술법은 거의 유실되거나, 실전되었다.

술종의 일맥들도 마구 갈라졌다.

그래도 한때는, 술종끼리 다시 뭉쳐서 무언가를 해 보려고 하기는 한 모양이었다.

결국 잘되지 않고 뿔뿔이 흩어져 버렸지만.

그렇게 갈라진 것도 오래전의 일이다.

술종의 진전을 물려받은 제갈자의는 귀혈곡에 환몽진을 설치하고 연구를 이어 나갔다.

그 연구에는 돈이 많이 들어갔다. 그래서 때로는 정체를 숨기고 활동하면서, 은연중에 이름을 날린 모양이었다.

[몇 번인가 문제를 해결하고 나니, 이상한 별호가 붙었다. 귀곡자(鬼谷子)라는 이름이었다. 누가 그런 별호를 붙였는지는 모르겠지만 정말 성가신 일이다.]

백번 공감했다.

제갈현몽은 고개를 흔들었다.

과연 제갈자의는 자신의 입으로 말할 정도로, 재능은 있는 듯했다. 술종이 남긴 많은 술법들을 복원하고, 때로는 스스로 창안하기도 했으니까.

하지만 한계는 있었다.

제갈자의의 마법의 틀은, 원시마법(原始魔法)에서 벗어나지 못했으니까.

알렌의 세계에서도 마법은 처음부터 고리를 바탕으로 펼치는 것은 아니었다.

과거에는 정말 기도를 드리거나, 제물을 바치고, 정령(精靈)과 교감하려는 등의 방식으로 마법을 펼치곤 했다.

하지만 고리를 이용해 마력을 쌓고, 세상에 의지를 투사하는 식의 방법이 만들어지게 되면서 마법은 눈부신 발전을 거듭했다.

그래서 아쉬웠다.

'아버지도 만약에 꿈을 꾸었더라면.'

아무리 천재라 한들, 천 년의 역사를 단숨에 뛰어넘는 발전을 보인다는 것은 불가능했으리라.

게다가, 중원의 마력은 알렌의 세계에 비해 밀도가 낮은 편이었으니, 고리 없이 술법을 펼친다는 것은 더더욱 어려웠으리라.

하지만 제갈자의는 단념하지 않았다.

제갈 성씨를 가진 사람의 장점이자 단점이 바로 이 단념하지 않는 것이었다. 당장 제갈공명만 해도 끝까지 포기하지 않고 출사표를 낸 것을 보면 알 수 있는 일이었다.

'……'

담담한 필체로 써 내려가는 제갈자의의 글을 보면서, 제갈현몽은 어딘지 모르게 가슴이 무거워지는 느낌이었다.

답답하게 무거워지는 것은 아니었다.

평생을 무거운 짐을 짊어졌고, 묵묵히 걸어갔음에도 불구하고 제갈자의는 끝내 뜻을 이루지 못했다.

그럼에도 포기하지 않았다.

연구일지의 이곳저곳에는 능력의 한계와 지식의 부족으로 이루지 못한 술법에 대한 개량과 구상이 적혀 있었다.

'……뭐, 나쁘지는 않겠지.'

술종을 부활시키겠다는 생각은 딱히 들지 않았다.

하지만 제갈자의가 이루지 못했던 흔적들을 보면서 그걸 완성시켜야겠다는 생각은 들었다.

제갈현몽은 아버지의 일지를 덮고, 아껴 두었던 술을 꺼냈다.

두 잔을 따라서 하나는 그대로 두고, 다른 하나는 자신이 들이키면서 멍하니 하늘을 바라보았다.

'잠깐. 빚.'

아직 남아 있는 은자 오만 냥의 빚이 생각났다.

만수가 맡길 일이 있으니 하던 일이 마무리가 되면 찾아오라던 말도 떠올랐다.

잠시 생각하던 제갈현몽은 빙긋 웃었다.

'까먹은 척해야겠다.'

* * *

"돌아가기로 했습니다."

제갈준이 그런 말을 꺼낸 것은 사흘 정도가 지난 뒤였다.

나름대로 사흘 동안 집중적으로 진법을 연구해 보고, 작은 규모였지만 시험적으로 진법을 펼치는 데 성공하게 된 후의 이야기기도 했다.

"제갈세가로 말입니까?"

"예, 사실 회합은 진작에 끝났는데 너무 오래 있기도 했습니다. 가문에서도 슬슬 돌아오라는 서신을 받았습니다."

제갈현몽은 고개를 끄덕였다.

하기야 매일같이 격무에 시달리는 제갈현몽의 입장에서는 후기지수들이 한량처럼 보이기는 했지만, 기실 그들은 가문을 이끌어 나갈 기재들이고, 가문 안에서도 나름의 직책이 있었다.

언제까지 가문 밖에 있을 수는 없었다.

"그래서 말입니다. 형님, 혹시 같이 제갈세가로 가시지 않겠습니까?"

"안 돼요."

제갈준의 말을 잘라낸 것은 사마린이었다.

그녀도 떠날 준비를 하고 있었다. 제갈준과 마찬가지로 세가로 돌아갈 준비를 마친 것이었다.

"이곳에서 하던 일이 뭐든 다 그만두고 오세요. 정식으로 가문의 식객(食客)으로 대우해 줄 테니까. 뒤처리는 제가 다 해 드리죠."

"식객 말입니까?"

"예. 사마세가의 식객이 되는 게 그리 쉬운 일이 아닌 건 아시죠?"

"무슨 소리입니까, 사마 소저. 제갈 성씨를 가지고 있는 형님이 어찌 사마세가의 식객으로 머무를 수 있단 말입니까."

"그게 무슨 뜻이죠? 사마세가는 제갈을 품을 수 없다, 그런 뜻으로 해석하면 되나요?"

제갈현몽은 두 사람의 대화를 모른 척했다.

어쨌든 저 두 사람을 따라 어딘가로 갈 생각은 없었으니까.

제갈세가에서는 딱 봐도 귀찮은 일이 생길 것 같았고, 사마린의 경우에는······.

'죽도록 부려 먹힐 거 같다.'

안 그래도 빚을 탕감해 주겠다면서 은연중에 제의를 몇 번이나 했는데, 그때마다 마치 뱀에 노려지는 개구리 같은 느낌을 받아야만 했다.

게다가 사마린은 겉으로는 안 그런 척해도 보통 성질이 아니었다. 마지막의 마지막까지 사람을 굴리는 데에 무척이나 능했다.

 그렇게 생각하던 제갈현몽은 당화령을 바라보았다.

 "당 소저는 안 가십니까? 집."

 "뭐야, 제갈아. 내가 갔으면 좋겠다는 뜻이야?"

 '예.'

 제갈현몽은 속으로 대답했다.

 "어찌 그런 생각을 품을 수 있겠습니까? 다만 궁금했을 따름입니다."

 "흥…… 얼굴이 워낙 뻔뻔해서 읽을 수가 없네. 뭐 아무튼 질문에 대답하자면, 굳이? 어차피 여기도 성도고 집도 성도인데. 가고 싶을 때 가면 그만이지. 아직 덜 익히기도 했고. 아니면 아예 같이가 볼래? 그렇지 않아도 당가창에 한번 방문해서 보상을 받아 가기로 했잖아."

 "음."

 제갈현몽은 약간 혹하는 느낌이 들었다.

 당가창이라…….

 일전에 당화령에 제갈현몽에게 건네준 기관 장치도 당사의 장인들의 손에 의해서 만들어진 것이 아니던가.

 하지만 대답한 것은 제갈현몽이 아니었다.

 "미안하지만 그건 안 되겠소. 저 녀석은 할 일이 있으니까."

"만수."

모습을 드러낸 것은 만수였다.

만수는 가볍게 후기지수들과 인사를 나눈 뒤에 제갈현몽을 바라보았다.

"갑작스럽게 미안하지만, 제갈현몽. 네 힘이 필요하다."

잠시 후, 제갈현몽은 후기지수들과 마지막 인사를 나누었다.

제갈준과 팽악, 사마린이 저마다의 방식으로 아쉬워하기는 했지만, 어쨌든 떠나기로 한 이상 꾸물거릴 생각은 없는지 떠나갔다.

당화령도 오늘 떠나지는 않지만 제갈현몽과 만수의 대화도 있고, 배웅해 줄 겸해서 같이 떠났다.

집이 한산해지자, 만수가 입을 열었다.

"꽤나 친해진 모양인데."

"뭐, 그런 셈입니다."

얼마 전까지는 제갈세가의 공자와 형님 아우 하는사이가 될 줄은 상상도 하지 못했으니까.

"그나저나, 무슨 일입니까? 기별도 없이 이렇게 찾아와서 맡기고 싶다는 일은."

"뭐, 일단 천천히 이야기하지. 이봐."

만수가 그리 말하면서 손을 까딱하자, 만수의 부하들이 움직이면서 다과상을 차리고, 주변을 정리한 다음에 떠나갔다.

"내가 하오문이라는 것은 이제 잘 알고 있겠지. 하오문에 대해서는 어느 정도 알아?"

"음. 사실 잘은 모릅니다."

어쩌다 보니 무림에 몸을 담기는 했지만, 아직 제갈현몽은 무림에 대해 잘 몰랐다.

"너도 참 여전하구만. 자기가 흥미 없는 곳 이외에는 별로 관심이 없는 게."

"어차피 당신이 설명해 주지 않겠습니까?"

"……하오문(下汚門)은 더럽고 천한 직종에 종사하는 사람들을 뜻한다. 하인이나 점소이, 너희 표국의 쟁자수 같은 짐꾼, 일용직, 재담꾼, 기녀, 낭인, 도박꾼, 그리고 마지막으로 우리 같이 돈을 빌려주는 고리대금업자. 그런 식으로 죄다 통틀어서 하오문이라고들 하지."

"그런데 하오문은 무림 문파 아니었습니까?"

"하오문은 누구나 소속될 수 있지만, 무림 문파로서의 하오문도가 되기 위해서는 정식으로 입문해야 하지. 아니면 나처럼 가족이 아예 하오문도거나."

제갈현몽은 고개를 끄덕였다.

만수의 아버지 만총은 만금전장의 주인이다. 만수가 하

오문도라면, 자연히 만총 또한 하오문도인 것이다.

"본래 이 만금전장이라는 것은 대대로 사천지부를 맡고 있지. 돈이 워낙 많이 오가는 곳이라, 사람이 드나드는 것이 자연스럽거든. 기루 따위보다 훨씬 낫지. 청수하고 도를 닦는 명문거파의 인물이 기루에 들르면 이상하잖아?"

'전장도 좀 이상한데.'

사실 만금전장은 일반적으로 선호되는 전장이라고는 할 수 없었다.

어느 전장이나 그렇겠지만, 추심이 무척이나 끈질긴 데다가 도가 지나치지는 않았으나 고리대를 쓰고 있었기 때문이다.

일반적인 사람은 거의 방문할 일이 없거나, 아까 만수가 말한 대로 하류층이 주로 이용하는 곳이었다.

"아무튼 그렇기 때문에, 만금전장은 사실 대대로 이어지는 게 아니라 역대 하오문의 지부장이 도맡게 되지. 단지 내가 아들이라서 이어받을 수 있는 것은 아니야."

"음, 그런 이야기를 꺼내는 것을 보니 경쟁자가 있는 모양이군요."

"정답이다."

만수는 고개를 끄덕였다.

"하오문의 차기 지부장 자리를 맡기 위해서는 나름대

로 공적을 쌓을 필요가 있지. 그게 수익이 되었든, 어떤 업적이 되었든. 가령 나 같은 경우에는 녹림도로맹의 발족이 그렇겠군. 들인 돈에 비해 거둔 성과가 크지 않기는 하지만…… 사실 공이 더 필요해. 너한테도 중요한 일이고."

"아."

제갈현몽은 만수의 말에 문득 하나를 떠올렸다.

지금 제갈현몽이 적지 않은 빚을 졌음에도 불구하고 휘둘리지 않는 이유는 다름이 아니라, 만수와 친분이 있기 때문이다.

하지만 만약, 만수가 하오문의 지부장 후보에서 밀려나 좌천되고, 만금전장이 다른 사람의 손에 넘어가게 된다면?

그때 새로운 장주가 제갈현몽에게 이렇게 친절할 리가 없는 것이다.

"음, 대충 사정은 알겠습니다. 그러면 어떤 일입니까?"

"어떤 일이든 맡아 줄 건가?"

제갈현몽은 고개를 흔들었다.

"아뇨."

"빚쟁이 주제에 단호하네."

만수는 그렇게 말하기는 했지만 그다지 나쁜 기색은 아니었다.

뭔가 예전보다 더 특이해지기는 했지만, 제갈현몽은 크게 변하지 않았다.

크게 정의로운 것은 아니었고, 모든 일이든 바로잡아야 성미가 풀리는 것은 아니었지만 무언가 자기만의 기준에서 벗어나는 일은 죽어도 하지 않는다.

제갈현몽은 그런 사내였다.

"뭐, 이번에는 아마 그런 일은 아니야. 일단 이야기를 들어 보고 결정해. 혹시 너, 일 년 전쯤 있었던 황가상단과 금가상단의 상잔을 알고 있나?"

11장. **귀곡장원**

귀곡장원

알고 있었다.

모를 수가 없는 일이다.

'어떻게 보면 그게 모든 시작일 수도 있지.'

맨 처음, 제갈현몽이 인정받기 시작한 것은 황가상단과 금가상단의 관계에서 제갈현몽이 조언을 했기 때문이다.

그 이후, 마법을 각성하자마자 상대한 두 도적들도 관련이 없을 수 없는 자들이었고 말이다.

"두 상단은 원래 하나였다는 것도 알고 있어?"

"아뇨, 하나였습니까?"

"그래. 원래 황금상단이라고 하는 이름을 가지고 있었지."

"좀 노골적인 이름인데요."

그렇게 말하기는 했지만, 확실히 들어 본 적이 있는 이름이다.

"사람들도 꽤나 그런 편이었지. 탐욕적이었고, 조금 이기적이었고. 문제가 없다고는 말할 수 없는 자들이었어. 아무튼 너도 알고 있겠지만, 꽤나 커다란 상단이었어. 한때는 사천을 넘어 중원에 영향력을 투사할 수 있을 정도였지."

"그 정도인데 왜 분열되었습니까? 게다가 서로 싸울 정도라니."

"마지막 상단주가 참 여러모로 욕심이 많았거든."

만수는 쓴웃음을 지으면서 손가락을 꼽았다.

"내가 알기로 부인만 셋에, 처가 아홉, 거기에 비공식적으로 알려진 혼외자만 해도 마을을 이룰 정도라는데."

"납득했습니다."

"게다가 딱히 후계에 관심도 없었는지, 아니면 자기만은 오래 살 것이라고 자신했는지 별다른 후계 작업도 하지 않고 있다가 급사했어. 그 뒤로 어떻게 되었을지는 뻔한 일이지?"

만수는 굳이 설명을 하지 않았다. 제갈현몽도 굳이 설명을 들을 필요는 없다고 생각했다.

"해서, 이런저런 우여곡절도 겪고, 피도 좀 많이 봐서 사오십 년 전쯤에는 황가상단과 금가상단으로 나뉘게 되었고, 그 뒤로는 어느 정도 안정을 찾게 되었는데 이번에 이런 사달이 일어난 거지."

"음, 그러면 어떤 일을 맡기려는 겁니까?"

만수가 괜히 이러한 이야기를 꺼냈을 것 같지는 않았다.

그러자 만수가 낯빛을 진지하게 했다.

"사실, 그 황가상단과 금가상단의 진정한 후계자가 있다는 것을 알고 있나?"

"……진정한, 후계자 말입니까?"

"그래. 원래 황가상단과 금가상단은 하나였다고 했지? 그런데 두 혈맥 모두 멸망했단 말이지. 하지만 사실, 황가상단과도 금가상단과도 관련이 없는 혈맥이 은밀하게 남아 있었어. 두 상단의 선조들에게 부당하게 자신의 몫을 빼앗긴 후계자가 말이야. 그 후계자가 오랫동안 복수의 칼날을 갈아 오다가 지금에서 복수를 완성한 거야. 그런데 그 복수자가 바로 내 적이야."

만수는 길게 숨을 내쉬었다.

"내가 하오문의 사천지부 후계자 중 하나라는 것은 아까 말했지?"

"알고 있습니다."

"그놈이 내 경쟁자 중 하나고, 가장 강력한 경쟁자이기도 해. 이번에 내가 제갈현몽, 너를 부른 것은 그 경쟁자를 물리칠 묘안을 짜내기 위해서야."

제갈현몽이 만수를 바라보았다.

만수는 두 손을 깍지를 낀 채로, 날카로운 안광을 보내고 있었다.

그 얼굴을 바라보던 제갈현몽은 이내 한숨을 쉬고는 입을 열었다.

"진지한 얼굴로 거짓말 좀 그만하십시오. 똘추."

"아, 들켰나?"

"당신은 거짓말할 때면 그런 식으로 표정을 짓지 않습니까."

다 거짓인 것은 아니겠지만, 적어도 제갈현몽에게 그러한 일을 맡긴다는 것은 거짓이었다.

아무리 제갈현몽이라고 해도, 그러한 일을 해결할 묘안은 딱히 없는 데다가, 정말 그런 일이라고 해도 이천 냥으로 어떻게 될 일은 아니지 않겠는가?

"뭐 그렇지. 아무튼 중간에 좀 새기는 했지만, 네게 맡기고 싶은 것은 다름 아니라 과거 황금상단주가 살았던 장원을 조사하는 일이야."

"장원 말입니까?"

"그래. 원래 황금상단이 있었을 무렵 만들어진 장원인데 지금은 아무도 이용하지 않는 곳이야. 황가상단과 금가상단으로 나뉘면서 서로 자기가 장원을 가지고 싶어 했거든. 아무래도 정통성이 있으니까…… 하지만, 결국

무산됐어. 소유권이 좀 애매하게 얽혀 있었던 데다가, 무엇보다."

"무엇보다?"

"사고 물건이거든."

"사람이 죽었다는 겁니까?"

"그래, 거기에 대해서 귀신도 나온다더군. 장원에서 죽어 간 자들의 귀신과, 거기에 더해 황가상단과 금가상단의 원혼들이 나온다고."

"……."

제갈현몽은 만수를 바라보았다.

듣자 하니 조금 미심쩍은 부분이 있었다.

"그런 걸 사신 겁니까?"

"그래, 얼마나 고생했는 줄 알아? 황가상단과 금가상단이 무너졌다는 말을 듣자마자 얼른 건너가서 남은 녀석들을 어르고 달래느라 진땀을 얼마나 뺐는데. 게다가 내가 아까 말했던 경쟁자도 움직이고 있어서 은근히 힘들었다고."

"잘도 넘겨주었군요."

"뭐, 애초에 계륵 같았던 장원이라 어차피 손 털고 나갈 수밖에 없기는 했지. 아무튼 투자에 비해서는 제법 괜찮은 성과였어. 귀신이나 이상한 소문만 없으면."

이제야 제갈현몽은 만수의 뜻을 알 수 있었다.

"무슨 일이 있기는 있었나 보군요."

제갈현몽이 아는 만수는 담이 큰 사람이었다.

귀신이나 요술 같은 괴력난신은 믿지 않았고, 어디까지나 실용주의적 관점을 견지하고 있었다.

"그래, 인수하고 나서 장원을 쓰려고 정비하는데…… 나타나더군. 귀신이. 직접 검으로 갈라 보기도 했어."

"어땠습니까?"

"손맛이 전혀 없더군. 거기에다가 장원을 보수하려다가 죽는 사람도 제법 나오기도 해서 인부고 부하고 겁을 처먹고 도저히 들어가지를 않으려는 거야."

"그러니까 그런 곳에 저를 보내시겠다는?"

제갈현몽은 처음으로 자신의 교우 관계를 되돌아보았다.

"혹시 제가 빚을 갚지 않아서 화가 많이 나셨습니까?"

"야, 무슨 생각을 하는지 알겠는데 그런 거 아니야. 나도 같이 갈 거야."

"거기 가서 빚 갚을 때까지 고문하고 그러는 겁니까?"

"아니라니까! 아무튼 네가 가서 조사를 하고 아무것도 없으면 그걸로 된 거야. 장비는 내가 대충 대줄 테니까 도사복 입고 대충 제물 올려서 원혼을 달랬습니다~ 하면 돼."

"저는 도사가 아닙니다만."

"아무튼 비슷한 뭔가잖아? 네 선조님도 했잖아. 만두

같은 거."

"……."

분하게도 반박할 여지가 없다.

제갈현몽을 향해 승리의 웃음을 지어 보인 만수는 말했다.

"뭐, 네게도 손해뿐인 제안은 아니야. 조금 도사 시늉을 내면 이천 냥이나 빠지는 데다가…… 사실, 그 장원에 소문도 있더군."

"소문 말입니까?"

만수는 고개를 끄덕였다.

"그래, 그 장원에 보물이 숨겨져 있다는 소문 말이야. 사실 황가상단과 금가상단이 제법 괜찮은 곳이기는 했지만, 그전까지 황금상단이 가지고 있던 진짜 보물들 따위는 하나도 이어받지 못했거든. 그래서 소문이 있어. 장원에 사실 보물이 숨겨져 있다고."

"물론 찾아보고 하는 소리겠지요?"

"나만 아니라 지금까지 숱한 사람들이 한 번씩 다 뒤져 봤을걸."

"그러면 제가 찾는 것도 어렵지 않겠습니까?"

"딴 사람은 몰라도 너라면 찾을 수도 있을 것 같긴 한데."

제갈현몽이 어깨를 으쓱하는 것을 못 본 체 넘기며 만

수가 물었다.

"뭐 사실 그건 아무래도 상관없어. 내가 네게 의뢰하고 싶은 것은 어디까지나 장원의 조사야. 만약 별거 없을 때는 도사 흉내 내면서 제사나 한번 지내 주면 되는 거고. 조사하는 과정에서 뭔가 보물 같은 거 찾아내면 그건 네 걸로 하는 걸로. 어때?"

"음."

제갈현몽은 잠시 생각했다.

'이 정도면 괜찮군.'

아까 전에 만수가 진지한 얼굴로 거짓말할 때는 진짜 무슨 큰일에 말려들까 걱정도 들었지만, 그 정도는 아닌 것 같았다.

무엇보다 특별히 누군가와 싸운다거나 무림인을 마주칠 일도 없을 것 같지 않은가.

귀신이라든가, 장원에서 일어난 기기묘묘한 일이 조금 걸리긴 했지만, 다행스럽게도 제갈현몽에게는 적당한 인선이 있지 않은가.

* * *

"그래서…… 같이 어딜 간다고?"
"귀신 들린 장원입니다."

당화령은 고민했다.

'뭐지, 이 녀석?'

제갈현몽이 하는 말이 원래 그렇기는 했지만 이번은 특별히 더 이해가 제대로 안 되는 느낌이다.

"그러니까, 나를, 데리고. 귀신이 나오고 사람이 죽는다는 장원에 데리고 가서."

"예, 술법을 가르칠 겁니다."

"이게 미쳤나."

당화령은 흥분해서 손을 떨었다.

"아니, 왜 굳이 그런 곳에서 술법 연습을 시킨다는 건데? 혹시 내가 지금 마공이나 사공을 배우는 거야?"

당화령이 분통을 터트렸다.

하지만 제갈현몽도 무척 억울했다.

"아니, 이번에 쉴 때 좀더 술법 가르쳐 달라고 한 건 당소저 아닙니까? 저번에 책 주니까 그냥 직접 가르쳐 달라고 할 때는 언제고."

"……내가 선약이잖아."

"선약으로 치면 만수의 의뢰가 더 선약입니다."

"으긋."

당화령은 할 말이 없었다.

있는 거라곤 그저 제갈현몽의 저 촉새 같은 입을 한 대 찰싹 때려 주고 싶은 충동뿐.

"저도 바쁘고, 당 소저도 빨리 배우고 싶다고 하지 않았습니까. 집에도 안 가고 딱히 다른 일을 하는 것도 아닌데. 거기 가는게 싫어서 그렇습니까?"

"아니이, 그게 아니라."

"됐습니다. 싫으면 당 소저도 그냥 다른 분들처럼 책 드릴 테니 그거 보고 익히시면 됩니다. 대신 다음에 와서 가르쳐 달라고 하지 마십시오."

제갈현몽의 말투가 날카로워지자 당화령은 조금 뜨끔해졌다.

"야아, 뭔 말을 그렇게 해. 남자가 그거 가지고 삐진 거야?"

"예. 저는 지금 매우 맹렬히 삐졌습니다."

"흥, 남자답지 않게 그거 가지고 삐져?"

"아니오, 저는 무척 남자답게 삐진 상태입니다."

"아오, 진짜 이 녀석 뭐 한 마디를 안 지냐."

당화령은 속이 끓어서 입을 삐죽이다가 말했다.

"알겠어! 그래, 알았다고. 같이 가 줄게. 그러면 되는 거지?"

"무슨 말씀이십니까? 다른 사람이 들으면 마치 제가 당 소저께 같이 가 달라고 애원하는 것 같지 않습니까."

"야."

당화령은 이를 악물었다.

"즉당히 흐자……."

"네."

제갈현몽은 얼른 고개를 끄덕였다.

하지만 만족스러운 결과였다.

'당 소저도 데리고 가니까 만에 하나의 일이 생겨도 안심할 수 있겠군.'

귀신이야 그렇다 쳐도 사람이 죽는다니 자신보다는 무공의 고수인 당화령이 있어야 안심할 수 있지 않겠는가.

임준규도 데리고 갈 수 있으면 좋겠지만, 아쉽게도 그는 녹림도로맹에 제 발로 찾아간 상태였다.

-정말 미안하다. 다음에는 달라진 모습을 보여 주겠어.

임준규는 과거 갈사량에게 제갈현몽에게 납치되었음에도 불구하고 아무런 대응을 못 한 것과, 이번 마공서를 지킨다고 했음에도 불구하고 지키지 못한 것을 마음에 두고 있는 모양이었다.

'굳이 그럴 필요까지 있나…….'

그렇게 생각하기는 하지만 일단 보내긴 했는데, 막상 보내고 나니까 조금 아쉬웠다.

그렇게 아쉬워하고 있으려니 한참을 씩씩대던 당화령이 한숨을 탁 쉬더니 조심스레 물었다.

"야, 제갈아. 근데 진짜 귀신이 나온대?"

"그렇다고 합니다. 목격담으로는 피를 철철 흘리면서 목이 뒤로 꺾인 첫째 부인의 귀신이 가장 유명하답니다. 다른 귀신은……."

"……!"

잠시 후, 제갈현몽은 당화령이 던져 대는 자갈 따위를 피해 도망쳤다.

그로서는 무척 억울했다.

'물어보기에 대답해 줬을 뿐인데.'

* * *

"그래서, 또 나간다고?"

이번엔 제아무리 임충이라도 다소 질린 표정이었다.

제갈현몽이 다소 바쁜 것은 알고 있지만, 이건 조금 너무한 것 아닌가?

"자네, 아무리 그래도."

"아, 그리고 일 말인데, 다 끝내 두었습니다."

"……뭐?"

임충은 제갈현몽의 방에 산더미같이 쌓였던 서류들을 떠올리고는 은은히 경악했다.

누가 봐도 결코 적은 양이 아니었거늘, 그걸 벌써 다 처리했단 말인가?

"예. 양가상단과의 거래는 기존대로 운용하고, 그들 포목을 가지고 판로를 개척하려는 생각은 나쁘지 않았습니다. 하지만, 그 과정에서 비율을 조금 조절할 필요는 있었습니다. 해당 상단 또한 저희 대룡표국의 표행로를 이용하니, 그것을 바탕으로 비율을 재산정할 수 있을 것입니다. 협상에 나가면 아마 그 점을 최대한 피하려고 할텐데, 하오문에 요청하면 만수가 적절한 인재를 준비해 두었을 겁니다."

"……하오문 말인가?"

아무리 동맹 관계라고는 하지만 이렇게 편하게 주머니 속의 칼 정도로 쓸 수 있을 정도로 편한 사이는 아니었을텐데.

"만수가 저를 데리고 가는 거니, 그만한 요청은 들어주어야지요. 그리고 여기 전서구입니다."

제갈현몽은 그렇게 말하면서 주머니 안에 싸여 있는 비둘기를 꺼내 두었다.

"전서구 말인가? 하지만……."

전서구를 이용해 편지를 주고보내는 것은 결코 드문 일은 아니긴 하지만, 성공률까지 높다고 하기에는 어렵다.

여러가지 위험도 위험이거니와, 원하는 대로 정확히 보내는 훈련을 하는 것도 결코 쉬운 것은 아니었으니까.

"아, 이번에 조령술을 조금 배워서, 날리면 제가 어디에 있든 오게 해 두었습니다."

"그건 또 어디에서 배웠는데?"

"아, 그 갈사량이라는 마인에게 잡히지 않았습니까? 그 마인이 비슷한 술법을 쓰기에 조금 개량했습니다."

임충은 미간을 찌푸렸다.

'그게 말이 되나?'

당연히 말이 안 되는 소리였다.

아무리 뿌리가 비슷하다고는 하지만, 갈사량의 술법은 자신이 오래도록 기르고 훈련시킨 특정 종류의 생물에게만 겨우 적용할 수 있는 것이다.

당연히 술법을 적용하는 대상이 다르면, 그 술식도 크게 달라질 수밖에 없다. 괜히 갈사량이 독모기를 주력으로 사용한 것이 아닌 것이다.

그런 것을 태연하게 응용했다고 하는 소리를 들으니 귀를 의심하지 않을 수 없다.

"……자네 진짜 무후님 환생 아닌가?"

무심결에 한 소리에 제갈현몽이 진심으로 인상을 찌푸렸다.

"국주님도 왜 그런 소리를 하십니까? 진짜 승상님을 존경하시는 분들이 들으면 칼 맞습니다. 제가."

"그럼 좀 자제 좀 하지 그러나."

"다들 이 정도는 할 수 있습니다."

"……."

임충은 제갈현몽의 말에 주먹을 불끈 쥐었다.

불행하게도 제갈현몽은 어렸을 적부터 천재와 같이 자라서, 대단하다는 것의 기준을 지나치게 높이 사는 경향이 있었다.

"아무튼 알겠네. 그만큼 가고 싶다는 말이지? 그래서 어디를 가는 건가?"

"율랑현에 있는 귀곡장원이라는 곳인데 별로 소문이 안 좋다고 하더군요. 그래도 다녀오면 빚에서 이천 냥을 빼 준다기에 어쩔 수 없이 가는 것입니다."

"그래? 이천 냥이면 어쩔 수 없지…… 잠깐, 귀곡장원?! 혹시 자네 황금상단의 옛 장원을 말하는 건가?"

"예. 혹시 알고 있습니까?"

임충의 표정이 잠깐 어두워졌다.

황금상단은 임충에게는 꽤나 익숙한 이름이었고, 과거 임충이 표두 노릇을 하고 있을때부터 제법 많이 들어 왔던 이름이다.

황금상단의 전성기와 그 몰락을 그대로 봐 왔던 사람이었기에 이런저런 이야기를 들은 것이 꽤 있었다.

"알지. 이상한 소문도 꽤 있었거든."

"이상한 소문?"

"그래. 원래 황금상단주는 그다지 성격이 모난 사람이

아니었는데, 상단이 크게 되고 장원을 개축하면서 그 설계를 한 도사에게 맡겼다는 말이 있네. 그 도사는 명성대로 아름답고 웅장한 장원을 완성시켰지만, 그 이후로 이상한 사건 사고가 끊이질 않았다고 하더군."

"……혹시 그 도사 이름도 압니까? 귀로 시작해서 자로 끝난다든가."

"그것까지는 모르겠는데."

임충의 그 말에 제갈현몽은 뭔가 찝찝한 느낌이 들었지만, 이내 고개를 흔들었다.

듣자 하니 귀곡장원이 만들어진 것은 육칠십 년 전의 일이고 그때는 제갈자의도 태어나지 않았던 때였지 않은가.

"아무튼 조심……."

조심하게.

그곳에 간 사람들 가운데 험한 꼴을 겪은 사람이 적지 않다고 들었네. 심하면 죽은 사람도 있었고, 개중에는 귀신에게 시달린 끝에 정신이 이상해져서 죽은 사람도 있다고 하더군…….

대충 그런 소리를 하려다가 임충은 입을 닫았다.

눈앞에서 태연한 표정을 하고 있는 이 청년을 보니 왠지 그런 걱정이 별로 들지 않았던 것이다.

"아니, 얼른 다녀오기나 하게. 뭔 일 있으면 얼른 해결하고."

"……조금 배웅이 이상하지 않습니까?"

"걱정받고 싶으면 평소에 좀 적당히 잘하게. 마인에게 납치당했으면서 사지 멀쩡히 풀려나고, 무림맹 감찰사를 세 치 혀로 설득시킨 사람인데."

"운이 좋았습니다."

"아마 이번에도 좋을 테니 얼른 다녀오기나 하게."

제갈현몽은 입을 살짝 삐죽이다가 두 손을 모아 읍했다.

이미 마차는 준비되어 있었다.

* * *

과거 황금상단의 장원.

지금은 귀곡장원이라고 하는 이름으로 불리는 곳에 도착하는 데는 그리 오래 걸리지 않았다.

"그나저나, 진짜 빠르긴 하네. 길이 진짜 편해졌어."

과거에는 비가 왔다는 것을 감안해도 거진 나흘 정도는 걸리던 길이었는데, 녹림도로맹이 관리하는 길을 가는 것만으로도 절반 가까이 시간을 단축할 수 있었다.

물론 돈이 조금 많이 깨진 편이기는 했지만, 아낀 시간을 생각하면 상당히 준수한 편이었다.

"적어도 이 일대에서는 나름 안정화된 것 같군. 네가 저번에 천여향 여협을 설득한 것이 꽤나 도움이 됐어."

듣자하니 부탁하지도 않았는데 천여향이 인근을 지나가면서 녹림도로맹의 길을 이용하고, 심지어는 도로 이용료도 지불했다고 한다.

그 이야기가 전해지고 난 뒤로 제법 많은 사람들이 이 길을 이용하고 있다고 하지 않은가.

"당 소저, 사천당가에서는 어떻소?"

"우리? 우리는 뭐 별로 좋아하지는 않던데."

"그렇습니까?"

"산적 놈들에게 돈을 내야 하는것 자체가 지는 거같다고 그래서. 나도 동감하는 편이고."

"으음."

그 말도 일리 있는 말이기는 했다.

아무튼 그런 이야기를 하다가 문득 제갈현몽이 물었다.

"근데 두 분, 안 내리십니까?"

"……."

"……."

당화령과 만수는 제갈현몽의 말에 갑자기 귀머거리가 되어 버린 것 같았다.

"그러고 보니 당 소저, 일전에 홀로 사천 일대를 어지럽히던 사파 무리들을 물리쳤다는 말을 들은 적 있습니다. 그 모습이 실로 당차고 아름다워서 독수비접(毒手飛蝶)이라는 별호를 받았다지요?"

"너도 만만치 않아. 듣자 하니 하오문의 젊은 도련님이 벌써 사천 성도 암흑가의 삼분지 일은 장악했다던데. 그 간담이 참 대단해."

갑자기 서로의 무용담을 칭찬하는 모습에 제갈현몽은 내심 질렸다.

'무림인들은 무섭군.'

갑자기 이렇게 뜬금없이 사람을 쳐죽였다느니 하는 소리를 한단 말인가.

보통 평범한 사람들은 이해하지 못할 광경에 제갈현몽은 마차의 문을 열고 밖으로 내렸다.

열자마자 느껴진 것은 잠깐 소름이 느껴질 정도로 스산한 공기였다.

꽤나 현에서 떨어진 곳에 있던지라 공기가 서늘했다.

'진령산맥에서 흘러나온 냉기가 이곳의 기온을 거의 일정하게 유지하고 있다지.'

까악-! 까악-!

"오, 까마귀."

어딘지 불길해 보이는 까마귀 소리를 뒤로한 채, 제갈현몽은 장원의 전경을 바라보았다.

확실히 커다란 장원이었다.

지금은 손길이 닿지 않아 무척이나 황폐해져 있어서 전형적인 폐가의 형상을 하고 있었지만, 과거에는 정말이지 웅장했으리라.

"음, 구름이."

다른 사람들의 강력한 주장으로 인해 정오에 도착하기는 했지만, 때마침 날씨가 을씨년해서 당장이라도 부슬비가 내릴 것처럼 어두컴컴한 느낌이었다.

마침 바람도 휘오오오, 휘오오오 하는 소리가 마치 뭔가가 우는 소리 같이 들리기도 했다.

"비가 올 것 같은데, 슬슬 장원으로 들어갈까요?"

"제갈아, 돌아갈까를 잘못 말한 거 아니야?"

"여기까지 왔는데 또 율랑현으로 돌아가자는 말입니까? 아무튼 이제 슬슬 나오십시오. 두 분이 안 나오니까 다른 분들도 안 움직이지 않습니까."

제갈현몽은 그렇게 말하면서 만수가 데리고 온 하오문도들을 바라보았다.

하나같이 기골이 장대한 사내들이었는데, 어째서인지 눈치만 보고 있는 듯한 느낌이었다.

이내 두 사람이 나오자 제갈현몽이 만수에게 말했다.

"자, 그럼 앞장서십시오, 만수."

"잠깐, 내가 왜 앞장서는 거야?"

"그러면 제가 앞장섭니까?"

"그래. 네가 앞장서라고. 하오문의 도련님."

당화령까지 거들고 나서자 만수가 인상을 찌푸리면서 꽁지머리를 긁었다가 고개를 끄덕였다.

"하아, 그래. 가자. 얘들아."

만수의 말에 마찬가지로 낯빛이 어두워져 있던 만수의 부하들이 고개를 끄덕였다.

장원의 정문은 굳게 닫혀 있었다.

그리고 그 장원의 정문을 향해 부하들이 다가가려는 찰나였다.

방금 전까지 오만상을 찌푸리고 있던 만수와 당화령의 표정이 일변했다.

"잠깐. 다들 멈춰라."

"왜 그러십니까?"

만수는 대답하지 않고 눈살을 찌푸리면서 내공을 일으켰다. 그 내공으로 하여금 기감을 일깨운 만수가 곧 사나운 미소를 지었다.

"야, 다들 연장 꺼내라. 아무래도 잠깐 자리 비운 사이 쥐새끼들이 들어와 있는 것 같은데."

"아항. 역시."

당화령 또한 안쪽의 기척을 눈치채고 있었기에, 아까 전까지의 어두운 낯빛을 걷어치우고 난폭한 미소를 띠웠다.

그와 동시였다.

"제기랄, 들켰다!"

안에서 사람의 목소리가 터져 나옴과 동시에 만수가 바로 장검을 꺼내 정문을 향해 일검을 내지르자, 안 그래도 관리되지 않아 낡아 있던 문의 축이 바로 틀어지면서 문짝이 날아갔다.

그리고 그 안에 보이는 것은, 다름 아닌 도적 무리들.

"씨이발, 고수다!"

"얘들아, 쥐새끼들 튀려고 한다. 한 놈이라도 놓치는 놈은 내가 정신 교육 처음부터 시켜 줄 거야."

"명(命)!"

하오문도들이 만수의 말에 하나 된 기합 소리를 내뱉더니, 도적들이 내빼기 전에 바람같이 안쪽으로 들어가 격전을 벌이기 시작했다.

"나도 그럼."

그 말과 함께 당화령도 별호처럼 나비처럼 몸을 날리더니, 아무렇지 않게 암기를 흩뿌리기 시작했다.

쉬쉬쉿!

"크악!?"

"씨, 씨발! 이 계집년이!"

"별거 아니야! 좀 아프기만 한 정도라고! 얼른 덮치면 돼!"

"아, 그래? 근데 단순히 아프기만 한 거 아닐걸."

당화령이 자신을 향해 욕설을 내뱉은 도적을 향해 비웃 듯 말했다.

"조금 있으면 오한이 들 거고, 독이 골수에 닿는 순간 부터는 내가 두 명 이상으로 보일 거야. 그러다가 나중에 는 근육이 쥐어짜이는 듯한 고통이 들 거거든. 특별히 너 희 같이 민초들을 괴롭히는 놈들을 위해 개발한 독이야. 어떤 것 같아?"

말 한 마디, 한 마디가 이어질 때마다 도적들의 표정이 차갑게 질려 갔다.

당화령이 샐쭉 웃었다.

"왜 그래, 빨리 안 잡으러 올 거야?"

"……."

제갈현몽은 갑자기 피가 튀기는 혈전을 바라보면서 조 용히 생각했다.

'귀신보다 자기들이 더 무서운 거 아닌가?'

저래 놓고 귀신이 무섭다고 한다는건 좀 양심이 없어 보였다.

* * *

도적들을 정리하는 데는 그렇게 오랜 시간이 걸리지 않

앉다.

 만수와 당화령은 일류고수였다. 거기에다가 만수가 데리고 온 부하들도 어디 가서 꿀리는 실력이 아니었다.

 "고작해야 양민 등쳐 먹는 게 전부인 양아치 도적 놈들에게 당할 정도는 아니지."

 만수는 그렇게 중얼거리면서 검을 몽둥이처럼 어깨에 얹고는 외쳤다.

 "야, 이 새끼들아. 여기가 누구 거인 줄 알고 슬금슬금 들어와 있는 거냐?"

 "모, 몰라, 씨발. 이딴 버려진 장원에 주인 따위가 어딨어?"

 "어디 있기는 어디 있어. 눈앞에 있잖아. 집문서 보여줄까? 같이 손잡고 관청 갈래?"

 제갈현몽은 감탄했다.

 정말이지 친구지만 그림으로 그려 놓은 것 같은 왈패의 모습이었다.

 뭔가 의도가 있는 것이 아니라 순수하게 저러는 게 즐거워서 그러는 것 같다는 점에서 한층 더 질이 나빴다.

 "뭐, 어차피 도적놈들이잖아. 이 정도는 해도 돼."

 "그야 그렇습니다만."

 제갈현몽과 만수가 이야기를 나누고 있자, 방금 전까지 만수에게서 한껏 협박을 당하고 있던 도적이 눈을 부릅 떴다.

"너, 너!"

"응?"

"야, 뭔데. 어디서 감히 너야?"

"너, 아니…… 당신 혹시 그!"

잘 보니 제갈현몽 자신을 가리키는 것 같았다.

"저를 아십니까?"

"그래, 그때 이상한 술수를 쓰던 그 서생이잖아! 네, 네가 어떻게 여기에?"

"으음."

발작하듯 외치는 도적의 모습에 의아해하던 제갈현몽은 이내 알았다는 듯 박수를 짝 쳤다.

율량현, 도적, 황금상단.

"혹시 교엄과 교진 형제를 따라다니던 도적입니까?"

"뭐? 이놈들이 그놈들 부하야?"

"그런가 봅니다? 참 우연이 다 있군요."

제갈현몽은 그렇게 말하면서 도적을 빤히 바라보았다.

딱히 어떤 의도도 담지 않은 눈빛이었는데 도적은 경기를 일으키더니 머리를 조아렸다.

"히, 히익! 죄, 죄송합니다!"

"저는 아무것도 안 했습니다만."

신나게 도적들을 때려잡은 건 만수랑 다른 사람들인데

왜 자기를 보면서 이러는 건지 제갈현몽은 이해를 할 수가 없었다.

"뒤, 뒤늦게 들었습니다. 귀공께서 무, 무후님의 환생이시라고!"

"……."

제갈현몽의 얼굴 표정이 썩어 들어갔다.

"푸하하하하핫!"

"거 웃지 마십쇼. 그리고 거기."

"예, 예엡!"

"두 번 다시 저를 그런 황송한 이름으로 부르지 마십시오. 알겠습니까? 그리고 돌아가서 퍼트리는 겁니다. 무후재림인가 뭔가 하는 그런 건 완전히 헛소문이라고."

"과연 신인께서는 겸손하시군요!"

'안 된다, 이거.'

제갈현몽은 말을 섞어 봐야 별 효과가 없다는 것을 깨닫고는 더 종용하지 않았다.

골치가 아파져 와서 제갈현몽은 차라리 화제를 돌리기로 했다.

"그래, 그때 도망쳐서 이곳으로 돌아온 겁니까? 시간이 제법 많이 지났는데 왜 아직도 여기 있는 겁니까?"

"그, 그것이……."

도적은 눈알을 굴리다가 결국 한숨을 탁 내쉬었다.

어딘지 체념이 섞인 한숨이었다.

"숨기려고 해도 숨길 수 없겠지요. 사실 두목들이 숨긴 보물들을 찾으러 왔습니다."

"보물?"

도적은 고개를 끄덕이면서 이야기를 했다.

본래 교엄과 교진은 이곳 사람이 아니었다.

하지만 뛰어난 무공과 사람들을 끌어당기는 지도력을 바탕으로, 대번에 도적 무리들을 규합해서 거대한 세력을 만들었다.

그리고 이 장원을 본거지로 삼아 황가상단과 금가상단을 털어먹었다고 한다.

물론 도적들에게 나누어 준 것도 있고 흥청망청 쓴 것도 있지만, 그러고도 상당한 재물이 남았다고.

살아남은 도적들은 그 보물을 탐내고 이곳에 온 것이었다.

"그래서?"

"샅샅이 뒤졌지만……."

도적은 그렇게 말하면서 고개를 흔들었다.

만수도 아쉽다는 듯 입을 쩝 다셨다.

"너희들이 안 보는 사이에 적당히 전표로 바꿔서 맡겨 두었겠지. 우리 전장에 맡겼으면 좋았을 텐데."

찾으러 오지 않는 재물은 곧 전장의 재물이 되니까.

그제서야 도적들은 제갈현몽들이 재물을 노리고 온 것이 아니라는 것을 깨닫고는 억울해했다.

"그럼 이곳에는 대관절 무슨 일로 온 겁니까? 솔직히 여기 보물이라도 있는 거 아니면 올 만한 곳이 아닌 것 같습니다만."

"그건 또 무슨 말이야?"

다른 곳에서 도적을 괴롭히다 온 당화령이 기웃거렸다.

"사실 이곳에서 흉흉한 일이 일어납니다. 저번에는 목매달아 죽은 귀신이 떠도는 것을 보기도…… 꿰엑!"

"아 새끼 간신히 까먹었는데 다시 생각하게 만들고 있네."

보다 구체적인 목격담이 나오기도 전에 도적을 기절시킨 당화령은 제갈현몽이 자신을 빤하게 바라보자 되려 성을 냈다.

"아, 뭐, 왜."

"아뇨."

그렇게 대꾸한 제갈현몽은 마법봉을 들어 기절한 도적의 몸에 대고는, 가볍게 자극을 일으켰다.

마력의 속성을 조금 변형시켜서 짜릿한 기운을 불어넣어 주자 도적이 찬물을 맞은 것처럼 펄떡 일어났다.

"무, 무슨!"

"별거 아닙니다. 이야기나 계속하시죠. 구체적으로 어떤 일이 있었고 어떤 귀신들이 주로 나옵니까?"

"나는 그럼 저기 가 있을게."

"나도."

"그럼 두 분 중 한 명이 최소한 제 곁에 남아 주십시오. 만약 도적이 저를 덮치기라도 하면 어떡합니까?"

"······얘 어릴 때부터 이랬어?"

"그런 편이었지."

만수와 당화령이 제갈현몽의 험담을 시작했지만, 제갈현몽은 신경 쓰지 않고 도적에게 물었다.

"무슨 일이 있었습니까?"

"여러가지가 있었습니다."

도적은 그렇게 운을 띄우고는 몸을 부르르 떨었다.

"처음 두목들 휘하에 들어가서······ 이 장원에 머물고 얼마 지나지 않아서였습니다. 이상한 소문이 돌더군요. 귀신이 돌아다닌다는 소문. 이 장원에서 억울하게 죽은 부인이 원혼에 찬 귀곡성을 지르면서 돌아다닌다는 소리였습니다. 원(怨), 그리고 망(妄). 그런 소리를 말입니다."

처음에는 도적들도 헛소리로 치부했다고 하며, 오히려 그러한 소문을 퍼트린 자를 비웃었다고 한다.

하지만 얼마 지나지 않아 소문의 귀신을 봤다는 사람들

이 많아졌고, 심지어는 교엄과 교진 형제도 그것을 목격했다고 한다.

목이 뒤로 부러진 채로 허공을 떠돌아다니는 원혼의 모습을.

"그리고 그때부터 이상하게 앓는 사람들이 많아졌습니다. 신경질적이 되고, 서로 싸움이 잦아지더니 급기야 서로 죽이기도 했지요. 다들 아닌 척 말을 아끼긴 했지만, 귀신에게 홀려 그리했다고 하는 이야기를 많이 들었습니다."

"으으."

뒤에서 당화령이 낮게 신음했다.

"그리고, 알게 모르게 장원에서 실종되는 사람도 있었습니다."

"실종 말입니까?"

"예. 처음에는 탈주한 것으로 생각했는데…… 그게 아니라 장원만 오면 꼭 사람들이 사라지곤 했습니다. 마치 귀신에 홀린 것처럼. 그대로 사라지기도 했고, 나중에 발견되기도 했는데."

도적은 침을 꿀꺽 삼켰다.

"꼭, 귀신처럼 목이 꺾이거나, 목을 매달거나, 혹은 부러진 나무 기둥 따위에 몸이 꿰인 채로 나타났습니다."

"……!"

당화령은 소리 없는 비명을 지르면서 제갈현몽의 등을 찰싹찰싹 두들겼다.

손이 무척이나 매웠다는 건 차치하고, 확실히 귀신이 있는 것은 맞는 듯했다.

"알겠습니다. 일단 직접 만나 볼 필요가 있겠군요."

"귀신을 직접 만나 본다고? 제정신이야?"

"일단 만나서 뭐가 문제인지 물어봐야 해결할 수도 있지 않겠습니까? 그리고."

제갈현몽은 눈을 빛냈다.

"잘만 하면 귀신이 숨겨 둔 재산이 어디 있는지 알려 줄 수도 있는 일 아니겠습니까."

"……."

황금상단의 숨겨진 보물뿐만 아니라 도적들이 숨겨 둔 보물까지 얻을 수 있을지도 모른다.

'잘됐군.'

안 그래도 돈이 부족한 참이었는데.

제갈현몽의 의욕 넘치는 모습에 당화령은 입을 삐죽였다.

"자, 그럼."

"그럼?"

"듣자 하니 자시가 될 때쯤에 그런 이상한 일이 많이 일어난다고 하니, 저는 잠깐 눈을 붙여 두겠습니다."

"넌 이 상황에서 잠이 오냐?"

당화령은 오늘 밤 도저히 잠이 올 것 같지가 않았다.

그러자 제갈현몽이 잘되었다는 듯 가볍게 고개를 끄덕였다.

"그러면 제가 알려 준 술식 연습을 하고 있으면 되겠군요."

'진짜 한 대 때려도 무죄 아닐까?'

당화령은 그렇게 생각하면서 한숨을 푹 내쉬었다.

* * *

"후우."

당화령은 제갈현몽이 제안한 대로 술법의 연습을 하고 있었다.

그리고 막상 해 보니 생각보다 나쁘지 않았다.

몸을 움직이고, 머리를 쓰는 와중에 잡념을 많이 지울 수 있었으니까.

'난놈은 난놈이야.'

제갈현몽은 자신이 알고 있는 술법을 무공에 섞는 것에 성공했다.

새롭게 무공을 창안한 것은 아니고, 어디까지나 기존 무공에 섞여들 수 있도록 만든 것이었다.

술식에 맞추어 내공의 운용을 하고, 초식을 펼치면 신기하게도 정해진 대로 경풍이 회전했다.

후웅!

'나선(螺旋).'

휘익!

'회표(回瓢).'

한 번씩 내지를 때마다, 경풍이 일정한 방향으로 휘어지고, 꺾어진다.

아직 조금 거친 감이 없지 않아 있었지만, 연마하다 보면 언젠가는 작은 손짓 한 번만으로도 하독할 수 있는 경지에 오르리라.

'그리고 나면 당가제일고수도 꿈은 아니지.'

그런 미래를 그리자 약간 기분이 좋아졌다.

만족한 당화령은 길게 숨을 내쉬며 내공을 갈무리하고, 이내 미리 준비해 둔 무명천으로 흘러내린 땀을 닦아내렸다.

온몸이 땀으로 젖어 있어서 가능하면 씻고 싶기는 했지만, 사내들뿐인데다가 이런 귀신 들린 장원에서 알몸이 되고 싶지는 않았다.

얼굴의 땀을 한 번 닦고, 무명천을 내린 순간이었다.

눈앞에 귀신이 떠올라 있었다.

"……어."

마치 뱀 앞의 개구리처럼, 당화령이 굳었다.

귀신은 머리가 없었다.

아니, 목이 비정상적으로 길었다. 그래서 얼굴이 있어야 할 자리에 얼굴이 없었다.

당화령은 정말 그러고 싶지 않았지만, 약간의 호기심과 공포를 담아 그 목을 따라 올라갔다.

그리고 턱보다 먼저 눈을 마주쳤다.

길게 뽑히다 못해 늘어진 목 때문에, 얼굴이 상하가 뒤집혀진 채로, 피눈물을 눈꺼풀 위로 흘린 여인이 자신을 바라보고 있었다.

"끄아아아아!"

귀신이 지른 건지, 아니면 자신이 지른 건지 모를 비명과 함께 당화령은 자신이 들고 있는 무명천에 내공을 담아 휘둘렀다.

단순한 천일 뿐이었지만 단단해진 무명천이 곧 귀신을 갈랐다.

하지만 아무런 손맛도 느껴지지 않았다.

공연히 귀신의 주의를 끌었을 뿐.

'안 통해.'

솔직히 어느 정도는 귀신이 나타나도 자신에게 해를 끼치지 못할 것이라는 생각을 했었다.

생긴 게 무섭기는 해도 무공을 익혔는데 제깟 원혼이

뭘 어쩌겠냐는 생각이었다.

하지만 그 무공이 통하지 않자, 정신적으로 무장하고 있던 갑옷이 벗겨져 나가는 느낌이었다.

-흐으으으, 휘오오오오.

귀신이 점차 당화령 쪽으로 다가오기 시작했다.

"오, 오지 마! 이씨."

당화령은 그리 말하면서 뒷걸음쳤지만, 곧 퇴로가 막혔다.

더 이상 도망칠 곳이 없었다.

-흐으으으윽.

귀신이 다가왔다.

"나 죽으면 그땐 너 죽고 나 죽는 거야. 같이 귀신이 되면 진짜 뒈질 때까지 패 줄 거라고!"

"무슨 협박이 그렇습니까?"

"……!"

낯익은 목소리가 들려왔다.

귀신도 뒤늦게 기척을 느꼈는지 뒤를 돌아봤다.

어느새 모습을 드러낸 제갈현몽이 마법봉을 귀신을 향해 겨누고 있었다.

"아, 역시."

제갈현몽은 입가에 미소를 지으면서 그대로 마법봉을 위에서 아래로 흔들었고.

다음 순간, 귀신이 터지듯 사라졌다.

"제갈아!"
당화령이 제갈현몽의 등장에 감동해 눈을 그렁그렁했다.
평소에는 재수 없을 정도로 태연한 낯짝도, 지금 보니 이렇게까지 믿음직스러울 줄은 몰랐다.
"예상대로 당 소저 앞에 나타났군요."
"정말 다행이야. 늦기 전에 나타나서…… 예상대로라니?"
당화령은 제갈현몽의 말에서 뭔가 이상함을 느꼈다.
제갈현몽은 목숨의 위기를 느꼈다.
'귀신은 가장 두려워하는 사람 앞에 나타난다고들 하지.'
물론 그 사실을 밝힌 순간, 당화령은 귀신보다 두려운 야차로 강림할 것이 틀림없었다.
"그보다, 몸은 무사하십니까?"
"아, 그래. 응. 몸은 무사하지."
"그럴 걸로 예상했습니다. 애초에 귀신도 아니니까요."
"귀신이 아니야?"
제갈현몽은 고개를 끄덕였다.
귀신이 아니라고 하는 것은 제갈현몽이 담대해서 그런

것이 아니었다.

"예. 그럼 가시죠. 다른 사람과 합류합시다."

"아니, 잠깐만! 왜 귀신이 아니라고 확신하는 건데?"

제갈현몽이 당화령의 말에 고개를 갸웃했다.

"아까 전에는 귀신을 무서워하시더니 왜 제 말을 못 믿는 겁니까? 이 정도 설명해 줬으면 충분하지 않습니까?"

"전혀 안 충분해. 왜 귀신이 아니라고 생각하는데."

"음…… 사실, 이곳에 오기 전부터 이상하다는 생각은 들었습니다. 황금상단에 대해서요. 만수는 황금상단의 상단주가 무척 호색한에 제정상이 아니라고 했고, 임충국주님은 이상해지기 전까지는 이름난 상단주였다고 하더군요."

"……그런데?"

"거기에서 도사가 한 명 나옵니다. 그 도사가 이 장원을 만들었고. 그때부터 황금상단에서 기괴한 소문이 흘러나오기 시작했습니다."

"귀신을 부리는 방문술사일지도 모르잖아?"

"예, 그렇습니다. 그래서 일의 선후를 바꾸어 생각하니 더욱 자연스럽더군요. 흉흉한 일이 일어나서 귀곡장원이 된 것이 아니라, 애초에 그렇게 만들어진 곳이기 때문에 흉흉한 일이 일어난 거라고 생각하는 게 더욱 자연스럽지 않겠습니까? 귀신은 그저 자연스러운 가림막이었을 뿐입니다."

논리의 비약도 많고, 근거가 없기는 하다.

하지만 그 정도로도 충분했다. 따로 누군가에게 증명할 필요가 없는 이야기였으니까.

"아니나 다를까, 장원에 와 보니 구조가 무척이나 묘하더군요. 진령산맥에서 흘러나오는 한기와 음기를 가두는 구조로 되어 있었습니다. 장원에 들어가자마자 묘한 한기를 느낀 것은 아마 그 때문일 겁니다. 이러한 환경에 오래 노출되게 되면, 사람의 신경은 자연스럽게 예민해지고 성격도 변하게 되겠지요."

원래 음한지기가 충만한 곳에는 좋지 못한 것이 꼬이기 마련이다.

하지만 대개의 경우는 괜찮다. 태양이 음한지기를 말끔하게 씻어 내 주기 때문이다.

하지만 장원을 설계할 때부터 음한지기를 가두고, 태양이 떠오를 때는 닿지 않게 저장해 두었다가 해가 지게 되면 풀려나는 구조로 지었다면 어떻겠는가.

"밤이 깊어지고, 음한지기가 차오를수록 진법의 위력은 강해지고, 그 진법에 휘말려 이런저런 사건들이 쌓이게 되면 음한지기가 한층 깊어집니다. 그 기운을 이용해 각종 술법을 구사하는 것이 가능하겠지요. 가령 감정을 폭주시켜서 서로 상잔하게 만든다거나, 자기도 모르는 환상을 보게 한다거나."

"귀, 귀신은?"

"아마 그것도 진법의 묘리일 겁니다."

제갈현몽은 몽환진을 떠올렸다.

실제 있는 상의 위치를 왜곡해서, 원하는 곳에 원하는 풍경을 거울처럼 비추는 것이 가능한 것이 몽환진이다.

"혹시 옷이 반대로 여며져 있지 않았습니까? 몽환진도 따지고 보면 일종의 거울 같은 것이라, 아마 그렇게 되었을 거라 생각합니다."

당화령은 입을 다물었다.

사실 귀신을 보고 두려움에 떨고 있느라 옷고름의 방향 따위를 신경 쓸 겨를이 전혀 없었으니까.

그러다가 문득, 당화령은 물었다.

"그러면 왜 귀신을 보이게 하는 거지?"

"기가 약한 사람이 깜짝 놀란다고 하지 않습니까. 반대로 삿된 것을 자주 보게 되면 기가 약해지게 되지요. 그러다 보면 정신의 방벽이 옅어지게 되고, 그만큼 술법에 영향을 받기 쉬워지게 되지 않겠습니까?'

제갈현몽이 그렇게 말을 한 순간이었다.

콰앙!

벽이 부서지는 소리와 함께 한 사내가 모습을 드러냈다.

만수가 데리고 온 부하였다.

그리고 딱 봐도 정상이 아니었다.

눈을 허옇게 뒤집어 까고, 부글거리는 거품이 입가에 가득 묻어 있는 걸 보면 확실했다.

"크으으! 씨발, 귀신 새끼들…… 내가 순순히 당해 줄 것 같아?"

"어, 아까 전에 당 소저가 하신 말이랑 비슷한 거 아닙니까?"

"시끄럿!"

당화령은 그렇게 대꾸하고는 달려드는 사내를 향해 가볍게 비도를 날렸다. 당연하게도 날이 없는 뭉툭한 쪽이었다.

그래 봤자 비도에 불과하지만, 실린 경력은 심상치 않았다.

단 한 방에 사내가 반바퀴 돌더니 바닥에 고꾸라졌으니까.

"아무튼, 귀신은 아니라는 거지? 그러면 됐어. 그러면 이제 어떻게 할 거야?"

"제가 혹시 몰라서 집에서 향로를 가지고 오기는 했습니다. 아마 그걸 사용하면 어떻게 될 겁니다."

"향로? 어디에 있는데?"

"어, 바깥에 있는 마차에요?"

"……예상했다며?"

제갈현몽은 빙긋 웃었다.

사실 향로를 가지고 온 것은 만에 하나를 대비한 거였고, 뭔가 확신이 있어서 가지고 온 것이 아니라서 굳이 짐을 풀 필요를 못 느꼈었다.

게다가 무엇보다, 마차라고는 하지만 오래 타고 온 탓에 무척이나 졸립기도 했고.

"마침 좋은 기회 아닙니까? 제가 가르쳐 드린 술법을 응용한다면, 어렵지 않게 고난을 극복할 수 있을 겁니다."

"야, 이번 건 내가 들어도 개소리인 거 알겠다."

'역시 그런가.'

제갈현몽은 통하지 않자 빠르게 말했다.

"아무튼 서두릅시다. 조금이라도 빨리 향로를 되찾아야 피해가 덜할 테니. 그럼 어서 앞장서 길을 개척하십시오! 제가 뒤에서 안전하게 뒤따르겠습니다."

"그래그래."

당화령은 심드렁하게 대꾸하면서도 제갈현몽의 말대로 앞장섰다.

그리고 문을 연 순간, 느꼈다.

'이 장원이 이렇게 넓었나?'

원래 당화령은 적당히 다른 사람과 거리가 있으면서

도, 여차하면 바로 합류할 수 있게 너무 떨어지지 않은 곳에 자리를 잡고 있었다.

문을 열면 바로 인기척이 느껴질 정도로 말이다.

하지만 지금은 문을 열었는데도 신기하게도 인기척은커녕 스산한 기운과 한기만이 느껴졌다.

휘오오오오.

바깥에서 나는 바람 소리인지, 귀곡성인지 모를 것이 가짜라는 것을 알면서도, 당화령의 등을 쭈뼛 세우게 만들었다.

"미리진도 섞었나 보군요."

하지만 제갈현몽의 태평한 목소리를 듣자, 그런 쭈뼛한 감각이 어느 정도 사라졌다.

제갈현몽은 당화령의 옆에 서서는 마법봉으로 방향을 가리켰다.

"가시지요. 생문은 저쪽입니다. 아, 귀신."

푸학-

제갈현몽은 마법봉을 내뻗은 김에 마침 지나가던 귀신을 가볍게 마법봉으로 처단했다.

귀신이 저항도 못하고 흔적도 없이 사라지자 당화령이 물었다.

"이건 뭐야, 퇴마라도 하는 건가?"

"그렇게까지 거창한 건 아닙니다. 그냥 환영을 이루는

술식을 무너트린 것에 불과합니다. 조금 허술하군요."

"……그게 그렇게 쉽게 된다고?"

"예. 모든 무공에도 그렇듯, 술법에도 허점이라는 것은 존재하기 마련이니까요."

제갈현몽은 그렇게 말하면서 생각했다.

미리진에 몽환진. 거기에 사람들의 정신을 혼란스럽게 만드는 알 수 없는 술법까지.

'술종이 관계가 없을 수가 없겠군.'

물론, 제갈자의가 관련된 것은 아닐 것이다.

제갈자의는 제멋대로고 술종을 책임져야 한다는 의식은 있었지만, 제갈현몽과 비슷하게도 자신이 불의하다고 생각하는 것은 절대로 행하지 않았다.

그렇다면.

'술종의 일맥일 수도 있겠군.'

그렇게 생각하자 제갈현몽의 가슴 한구석이 조금은 서늘하게 가라앉는 느낌이 들었다.

"제갈현몽, 너 혹시 화났어?"

"아니요, 제가 화날 일이 뭐가 있겠습니까?"

"아니, 뭔가 좀 표정이……."

"크아아아악!"

말을 하기도 전에, 다시금 장한들이 나타나더니 바로 둘을 향해 달려들어 왔다.

11장. 귀곡장원 〈263〉

앞뒤로 총 다섯 명.

당화령은 머리를 긁적였다.

'조금 많은데.'

단순히 죽이는 거라면 모르겠으나, 죽이지 않고 제압해야 한다는 것이 조금 까다로웠다.

게다가 지금 지켜야 할 사람도 있지 않은가.

"야, 제갈아. 미리 말하는데 나는 만약의 상황이 오면 죽일 각오로 싸울 거야. 너까지 지키면서 다른 사람의 목숨을 신경 쓸 여유는 없으니까."

"……그럴 거 없습니다."

제갈현몽은 그렇게 말하면서 마법봉으로 달려들어 오는 장한의 발밑을 가리켰다.

콰당!

미끄러지며 엉켜 넘어지자, 제갈현몽은 가볍게 마법봉을 빙글 돌려 술식을 반전시켰다.

두 사내가 엉켜버리면서 순식간에 무력화되었다.

"이성을 잃었으니 부주의할 수밖에 없지요. 그리고."

삽시간에 둘을 처리한 제갈현몽은 그대로 몸을 돌려 앞에서 다가오는 장한 셋을 바라보았다.

"당 소저, 진각을 한 번 내딛어 주십시오. 지금!"

"아, 그, 그래!"

당화령이 제갈현몽의 지시에 홀린 듯 따르며 진각을 내

딛었다.

쿠웅-!

폐가였다.

먼지 따위는 지천에 깔려 있었다.

당화령이 진각을 밟자 먼지가 구름같이 피어올랐다.

제갈현몽이 가볍게 마법봉을 좌우로 흔들자 바람이 불어닥쳤다.

이상할 정도로 장한의 눈코입을 파고드는 바람이었다.

"케헥! 콜록!"

"본능에 충실하게 되었으니 자극에 민감해진 것은 당연한 이치 아니겠습니까. 자, 제압해 주십시오."

"……."

당화령은 먼지를 들이키고 정신없어하는 장한들에게 다가가 가볍게 혼혈을 짚고는, 자기도 모르게 제갈현몽을 바라보았다.

'이 정도로 쉬워도 되는 건가?'

일전, 제갈준과 팽악의 이야기를 들어 본 적이 있었다.

특별히 마인과 싸우거나 한 것은 아니었지만, 제갈현몽과 함께하니 여정이 믿을 수 없이 편했다는 이야기를 말이다.

방금 상황은 엄밀히 말해 위기는 아니었고, 만약 당화령 혼자였어도 어렵지 않게 빠져나올 수 있었다.

하지만 이렇게 어린애 손 꺾는 것처럼 쉽게 해결될 상황도 아니었다.

"뭐 하고 계십니까? 얼른 가시죠. 당 소저가 앞장을 서지 않으면 더 갈 수 없지 않습니까."

'저 거지 같은 말투만 아니라면 진짜 괜찮은데 말이지.'

당화령은 고개를 끄덕였다.

그러다가 창밖을 보고는 무심코 중얼거렸다.

"비가 내리고 있었네."

"그러네요. 좋지 않습니다."

안 그래도 밤에는 음한지기가 짙은데, 거기에 비까지 내리게 되면 당연히 그 기세가 더더욱 거세지게 된다.

그렇다는 것은, 본래 어느정도 내공이 있어서 술법에 저항력이 있는 사람도 영향을 받기 쉬워진다는 뜻이다.

만약에 무언가를 조종하는 술법이라면, 보다 제 뜻대로 움직이기 쉽다는 뜻.

"제갈현몽."

"곤란하게 되었군요. 생문을 막고 있습니다."

당화령은 저 너머에서 느껴지는 기척에 나직이 경고했고, 제갈현몽은 쓰게 웃었다.

장원을 빠져나가는 퇴로가 막혀 있었다.

제갈현몽은 환몽진의 술식을 조작해 그 너머의 광경을 비추어 보고는 고개를 끄덕였다.

'역시.'

만수가 눈을 뒤집어 깐 채로 문을 막고 있었다.

* * *

"어쩌지?"

당화령이 물었다.

한두 명도 아니고 꽤나 많은 수였다. 십수 명쯤 되는데 그런 자들이 길을 막고 있으니 숨통이 막힐 지경.

"음, 확실히 너무 많기는 하군요."

"그치? 네 술법으로 독을 흩뿌려도 다 중독시키기에는 양이 좀 부족해. 다른 독과 섞기에는 좀 센 게 많아서 후유증도 남고."

"으음."

그나마 다행이라고 할 만한 것은, 아직 저들이 일행을 눈치채지 못했다는 것이었다.

만약 저들이 눈치채기라도 했다면, 문제가 커졌으리라.

'하는 수 없군. 이 수단은 별로 사용하고 싶지 않았건만.'

제갈현몽은 길게 한숨을 내쉬고는 말했다.

"사실, 한 가지 기책이 있기는 합니다."

"그런게 있어?"

"예. 하지만 거기에는 당 소저의 조력이 필요합니다."

당화령의 눈가가 가늘어졌다.

'이놈이 이런 표정으로 진지하게 소리를 내뱉을 때 별로 도움이 됐던 적이 없는데?'

"일단 들어나 보자."

"예. 그럼 설명드리겠습니다. 제가 토룡술로 바닥을 파고 들어가 마차가 있는 곳까지 갈 테니, 그동안."

"그동안?"

"당 소저께서 이목을 끌어 주십시오."

"……."

당화령은 눈을 질끈 감았다.

귀를 질끈 닫을 수가 없으니 어쩔 수 없는 일이었다.

"토룡술이라니? 그건 또 뭔데."

"아, 술법으로 땅을 파고 들어갈 수 있습니다. 다행히 아까 보니 땅이 그리 단단하지 않아서 할 만하겠더군요. 저 문턱 정도는 어렵지 않게 넘을 수 있을 듯합니다."

"……그리고 그 동안 나는?"

"땅을 파는 기척을 들키면 안 되니 시선을 끌어 주셔야겠지요."

당연한 이치가 아닌가.

제갈현몽이 파고 들어갈 수 있는 토룡술의 한계는 분명

있었고, 소음이나 기척이 발생할 것이다.

당연히 그 동안 당화령이 시선을 끌어 줘야 되는 것 아니겠는가.

"그리고 나서?"

"향로를 찾으면 어떻게든 술법을 풀어 보겠습니다."

"안 되면?"

제갈현몽은 신뢰를 듬뿍 담은 미소를 보냈다.

"저는 당 소저를 믿습니다. 일류고수 아니십니까?"

"……."

당화령은 할 말이 너무 많으면 오히려 말문이 막혀서 나오지 않는다는 진귀한 경험을 할 수 있었다.

"맨몸으로 그냥 도망치라고?"

"아까 오면서 진법은 대충 파악하시지 않았습니까? 간단한데. 그걸 이용하면 어렵지 않게 위험을 피할 수 있을……. 왜 그런 눈으로 보십니까?"

"뭐, 내 눈이 어떤 눈인데. 사람 하나는 죽일 수 있을 것 같은 눈이냐?"

"……어떤 식으로 피하면 될지 알려 드리겠습니다."

그렇게, 제갈현몽은 마법봉으로 바닥에 장원의 겨냥도를 그렸다.

"환몽진과 미리진으로 감각과 시선을 속이고 있기는 하지만, 역으로 잘 이용할 수도 있습니다. 가령 이 방은

언뜻 보기에는 막혀 있는 것처럼 보이지만, 사실 이어져 있어서 넘어가기만 하면 추적이 금방 끊길 겁니다. 천장으로는 가급적 올라가지 마시고요."

"왜?"

"아까 보니까 함정 같은 것을 깔아 두었더군요. 아무 데나 올라가면 화살 따위를 맞을 수 있습니다. 아마 장원을 지을 때부터 만들어 둔 보안 장치 중 하나라고 생각합니다만."

"어떤 미친놈이 자기 집 천장에 그런 걸 설치해?"

"? 황금상단주, 미쳤다고 하지 않았습니까?"

"⋯⋯인정."

그렇게 대강의 설명을 마친 제갈현몽은 계획의 실행을 위해 근처 무너진 방으로 들어갔다.

오래된 폐가였기에 군데군데 마룻바닥이 무너져 땅이 보이는 곳은 많았다.

"그럼 먼저 가겠습니다."

제갈현몽은 몸을 바닥 아래로 밀어넣었다.

마룻바닥 아래는 꽤나 빈 공간이 있었지만, 군데군데 무너진 곳도 있었고 흙더미가 쌓여 있어서 길이 막힌 부분도 꽤나 있었다.

무엇보다 좁고 비좁았으며, 축축했다.

'이래서 별로 하고 싶지 않았는데.'

제갈현몽은 그리 생각하면서 몸 전체에 술식을 둘렀다.

미끄러지게 하는 술식을 이용해서 보다 좁은 공간을 잘 빠져나갈 수 있게.

그러다가 길이 막히면 마법봉을 겨누어 흙더미 등을 조작해 어떻게든 빠져나갈 구멍을 만들어 나갔다.

정말이지 지렁이(土龍)와도 같은 모습.

'힘들다.'

마법의 도움을 받는다고는 하지만, 비좁은 공간을 온몸을 비틀어 가면서 나아간다는 것이 결코 쉬운 것이 아니었으니까.

게다가 마법을 동시에 구사할 수 없으니, 필요할 때마다 마법을 바꾸어 구사해야 해서 은근히 품이 들었다.

"야, 이 자식들아! 거기에서 길 막고 뭐 하는 거냐!"

'슬슬 당 소저가 시선을 끌고 있나 보군.'

두두두두두두!

무수한 사람들이 내달리면서 나는 울림이 지나가자, 제갈현몽은 묵묵히 땅을 파고 나아갔다.

"야이 새끼들아! 정신 좀 차려! 찌른다! 진짜 찌를 거다!"

"크아아아!"

'음, 잘 싸우고 있군.'

그리고 일다경이 지났을 즈음.

제갈현몽은 마침내 방을 지나가 밖으로 이어지는 샛문에 다다를 수 있었다.

그리고 마룻바닥에서 기어 나왔을 때.

"……으어어어."

눈이 허옇게 된 채로 정확히 자신을 바라보는 도적을 볼 수 있었다.

'그러고 보니 마당에 도적들을 묶어 놨었지.'

비가 내리는데도, 만수가 '도적놈들이라면 비 좀 맞아도 녹지 않겠지'라면서 묶어 놓은 도적 중 하나였다.

그 도적이 어떻게 밧줄을 풀어 낸 상태였다.

'이 술법은 엄밀히 말하자면, 공포에 이성을 조금 마비시키는 계열에 가깝다. 나 이외의 타자의 존재를 공포스럽고, 무서워서 맞설 존재로 인식시키는 것이지.'

그러니 귀신이 돌아다니는 것이다.

그런 환경이라면 더더욱 심령이 위축될 테니까.

제갈현몽은 차분히 자신의 상황을 점검했다.

땅을 기어오느라 전신이 흙투성이에, 어딘가에 걸렸는지 잘 묶어 둔 머리카락도 풀려서 치렁치렁한 상황이다.

누가 봐도 귀신 같은 형상이었다.

"진정하십시오. 일단 저는 귀신이 아닙니다. 당신이 지성이 있다면 제 말을 이해할 수 있겠지요?"

"죽어라! 이 귀신!"

"그렇겠지요."

그대로 제갈현몽은 있는 힘껏 몸을 굴렸다.

방금 전까지 제갈현몽이 있던 곳에 칼이 꽂혔다.

포박에서 풀린 것도 모자라 검도 확보한 모양이었다.

'어떻게 묶었길래 그런 거야.'

비가 내리고 있다. 물이 잔뜩 고여 있었고.

바람을 불어 독 가루를 날리는 것은 불가능하다. 땅을 미끄럽게 하거나 반대로 땅과 발이 달라붙게 하는 것도 쉽지 않다.

환몽진을 쓰기에는 진법의 영향에서 어느 정도 벗어났다.

미리진도 마찬가지. 마탄은 별 대단한 위력이 아니다.

'쓸 수 있는 술법이 없군.'

그렇게 생각하면서, 제갈현몽은 앞으로 한 발 나아갔다.

도적이 괴성을 지르면서 검을 휘둘렀다. 결코 정상이 아닌 상황에서도 도적은 제갈현몽이 자신의 적수가 아님을 직감했다.

제갈현몽이 기이한 보법을 밟기 전까지는.

'천기미리보.'

도적의 검이 제갈현몽의 몸을 갈랐다.

아니, 잔상이었다.

그사이, 제갈현몽은 천기보의 묘리에 맞게, 없어야 할 자리에 없고 있어야 할 자리에 위치했다.

도적의 공격이 도저히 닿을 수 없는 곳임과 동시에 도적의 모습을 한눈에 담을 수 있는 위치였다.

'여기였나?'

제갈현몽이 마법봉으로 쿡 찔렀다.

당화령이 혼혈을 짚을 때 몇 번인가 타격한 부위였다.

물론 제갈현몽은 점혈을 위한 내공은 없었지만, 비슷한 거라면 할 수 있었다.

파지지직!

마력을 뇌기(雷氣)로 바꾸어 혼혈을 자극하자, 도적이 금세 눈을 뒤집어 까고 혼절했다.

"후우."

겨우 처리하고 한숨을 내쉬려는 찰나.

소란스러운 소리가 가까워져 오더니, 장원 한구석이 터져 나오면서 당화령과 장한들이 밀려 나왔다.

당화령은 밖으로 나오자 마자 바닥을 크게 박차 신형을 멀리 띄우며 외쳤다.

"아오, 진짜! 더럽게 질기네! 야, 제갈아! 아직이냐!"

제갈현몽은 그 모습에 대꾸하지 않고 서둘러 마차로 달려 나갔다.

그에 당화령을 쫓던 장한들의 일부가 제갈현몽을 목표로 바꾸어 달려들었지만, 당화령이 적절하게 비도를 던지거나 제갈현몽이 천기미리보를 밟는 것으로 피해 냈고.

그대로 몸을 던져 내듯 마차 안으로 들어간 제갈현몽은 서둘러 마력을 이용해 향로를 찾아 내고는 바로 뚜껑을 열었다.

눈으로 본 술식을 역으로 파고 들어간다. 청령환을 연구하면서 얻은 지식을 거기에 결합한다.

마지막으로 기운은 여기에 잔뜩 있는 음한지기를 빨아들이는 것으로 해결을 본다.

서둘러 조합을 마친 제갈현몽이 향을 하나씩 꽂아 넣었다.

콰앙!

"아직이냐!?"

"됐습니다!"

마지막 향까지 박아 넣은 제갈현몽은 그대로 향로에 마력을 불어넣었다.

그리고 문을 열자마자 마법봉을 흔들었다.

"흩어져라!"

째앵-!

그 순간, 무언가가 깨지는 소리가 들려왔다.

장원을 에워싸고 있던 술식의 일부가 풀려나는 소리였다.

 그와 동시에 막 당화령을 향해 검을 휘두르려던 만수의 손이 멈추었다.

 퍼억!

 "아, 미안."

 물론 당화령의 손은 멈추지 않았다.

 제대로 한 대 얻어맞은 만수의 고개가 뒤로 꺾여졌다가 천천히 되감아졌다.

 "이 빌어먹을. 사천당가의 후기지수면 남의 쌍판을 맘대로 쳐도 되는 거냐……?"

 "제갈현몽, 얘 아직 귀신 들린 것 같은데."

 "아니, 어떻게 사람이 그리 뻔뻔할 수가 있습니까?"

 제갈현몽이 약간 지친 표정으로 마차 밖으로 걸어나오면서 그리 대꾸했다.

 당화령은 그런 제갈현몽을 바라보다가 만수를 향해 가볍게 고개를 숙였다.

 "미안."

 "……사과를 받아들이지. 흥!"

 가볍게 코를 풀어 코피를 털어 낸 만수는 가볍게 목을 꺾었다.

 "그나저나 어떻게 된 거지? 기억이 애매한데……."

"간단히 말하자면 이 장원 자체가 거대한 하나의 술법이었습니다. 이번에 시기가 잘 맞아떨어져 제대로 걸려들었고요."

당화령에게 한 설명을 다시 해 주자 당화령이 코웃음을 쳤다.

"귀신에게 홀려서 기가 약해지다니."

"아, 거기 좀 조용히 하십쇼. 아무튼 그렇다는 말은."

만수가 곧 사나운 미소를 지었다.

"이딴 짓을 벌인 원흉이, 지금 여기에 있다는 말이겠군?"

제갈현몽은 고개를 끄덕였다.

* * *

"크헉!"

사내는 외마디 비명을 지르면서 피를 토해 냈다.

자신이 건 술법의 일부가 갑자기 깨지면서 거기에 대한 반동이 사내에게 찾아온 것이다.

"빌어먹을, 뭐 이런 녀석이……."

말도 안 된다.

이 장원에 설치한 술법은 무엇 하나 오래되지 않은 것이 없다.

그만큼 철저하게 유지 보수해 온것이고, 어지간해서는 절대 풀리지 않는다고 자신했는데, 그걸 너무도 간단하게 풀어 버린 것이다.

'대체 저 녀석은 뭐지?'

오랜 시간 동안 수련을 쌓아 온 자신도 술법을 펼치는데 어려움을 겪곤 하는데, 녀석은 아무렇지도 않아 보였다.

'천재.'

그런 생각이 스치자마자 사내는 입술을 깨물었다.

절대로 인정할 수 없었다.

'이걸 실패하면 돌아갈 수가 없다.'

오래도록 준비한 술법 아니었던가.

여기에서 포기하고 도망갈 수는 없었다.

그랬다가는 지금껏 했던 일이 모두 허사로 돌아가는 것은 물론, 사부와 사문의 동료들이 자신을 가만히 두지 않을 테니까.

딸랑-.

사내는 손에 든 방울이 달린 막대를 흔들었다.

"급급여율령, 일어나라!"

그의 입에서 흘러나온 주언에 따라, 음한지기가 한곳으로 몰려들어오기 시작했다.

단순한 음한지기가 아니다.

오랜 시간을 거쳐 쌓아 온 원한과 사연으로 진득하게 얽힌 음한지기였다.

그것을 원료 삼아 각종 희귀한 재료를 통해 연단하듯 만든 것이 바로 이것이었다.

혈강시(血殭屍) 말이다.

"일어나라!"

도사의 말에, 굳게 눈을 감고 있던 강시의 눈에서 혈광이 터져 나왔다.

12장. **강시**

강시

"그나저나 궁금한 게 있는데."

만수가 갑자기 물었다.

"원흉이 계속 여기에 진을 치고 있었던 걸까?"

"그렇군요."

제갈현몽은 잠시 생각하다가 고개를 흔들었다.

"그건 아니겠지요. 아마 그리 오래되지는 않았을 겁니다."

"그 근거는?"

"생각해 보면 좀 이상하니까요."

제갈현몽은 예전에도 소문을 들었을 때부터 위화감을 느꼈다.

상단이 원래 하나였다가, 갈라져서 사이가 나빠진 것은

알겠다.

하지만 별다른 계기도 없는데 왜 갑자기 도적을 고용해서 죽이려고 할 정도가 되었을까?

게다가 아무리 교엄과 교진 형제가 부채질을 하면서 일을 키웠다고 해도, 이 정도까지 사태를 악화시킨다는 것이 가능한 일일까?

"황금상단에서 일어났던 일과 조금 유사하지 않습니까? 이전까지는 그래도 괜찮은 평판을 유지하고 있었는데 말이지요."

"그러고 보니……."

만수가 고개를 주억거렸다.

"두 상단이 도적과 교류하기 전부터, 웬 도사나 스님같은 자들이 많이 드나들었다고 하더군. 뭔가, 귀신을 봤다거나 하는 일이 많았다던가."

"흐름상으로 보면 그자가 아마 원흉이겠지요."

"그러면 이미 도망친 거 아니야? 만약 내가 그놈이라면 도망쳤을 것 같은데."

당화령이 지친 표정으로 말했다.

반쯤은 이미 그래 주기를 바라고 있는 듯한 눈치였다.

"그럴 수도 있겠지만, 그전에 잡아야지요."

"너, 아까 전부터 조금 화나 있지 않았냐?"

제갈현몽은 어깨를 으쓱했다. 자기가 뭐 그렇게 화날

일이 있단 말인가.

그냥, 조금 궁금해졌을 뿐이다.

이런 일을 벌인 놈의 상판이 말이다.

"그나저나, 어디에 있는지 알겠어?"

"예. 대충은 짐작이 갑니다."

앞서 말했듯이, 이 장원은 하나의 거대한 진법이나 다름없다.

제갈현몽이 알고 있는 것과는 조금 다른 구조이기는 하지만, 술식을 파악하기만 한다면 그걸 역산해서 전체적인 진법의 구조를 파악하는 것은 어렵지 않은 일이었다.

그렇게 제갈현몽이 향한 곳은 장원 안에 있는 정원 중 하나였다.

그곳의 정자에 도착한 제갈현몽은 그 정자를 둘러싸고 있는 사신(四神)의 눈동자를 차례대로 눌렀고, 무언가 묵직한 것이 움직이는 소리가 났다.

"이건……?"

"문을 기관으로 막아 둔 것처럼 보이는군요. 아마 술법도 섞어 두었기에 가능한 일이겠지요."

정자 자체가 밀리면서 지하로 내려가는 계단이 만들어졌다.

보아하니 꽤나 사람이 오간 흔적이 있었다.

아마 평소에는, 이 정원 자체를 진법으로 숨긴 뒤에 기관을 조작했으리라.

 계단은 일종의 석실로 이어져 있었다. 차갑고 끈덕한 공기와 어우러져 뭔가 음습한 느낌.

 기분 탓인지 피 냄새도 진하게 풍기는 것 같았다.

 누구도 섣불리 나아가지 못하는 사이, 제갈현몽이 발걸음을 내딛었다.

 "아직 안에 있는 듯하군요. 갑시다."

 평소라면 절대 앞장서지 않았을 텐데, 웬일로제 갈현몽이 먼저 들어가자 다들 의아함을 드러냈다.

 딱히 제갈현몽이 무모해진 것은 아니었다.

 마력으로 파악하면서, 아직 앞에 자신을 위협하는 것이 없다는 확신을 가졌기에 그런 것이었으니까.

 "꽤나 크게 만들었군."

 뒤늦게 횃불을 들고 나타난 만수가 주변을 둘러보면서 말했다.

 장원 전체 크기에 비해서는 규모가 작았지만, 꽤 많은 방이 존재했다.

 "어디, 뭐가 있나. 말로만 듣던 보물이 잠들어……!!"

 만수가 미간을 찌푸렸다.

 무언가 모습을 드러내기는 했지만 그건 보물이 아니었다.

 오히려 별로 반갑지 않은 것이었다.

귀신의 인형. 옷까지 정성스럽게 입혀진 귀신들이 늘어서 있는 모습이 보였다.

언뜻 보면 누가 봐도 귀신으로 보일 수 밖에 없는 모습.

"이런 것까지 만들면서 도대체 뭘 하려고 한 거지?"

"대량의 음한지기와 원념이 필요했다."

낯선 목소리가 들려왔다.

시선을 돌리자, 통로의 끝에서 두 개의 그림자가 보였다.

한 명은 도사 복장을 하고 있는 청년이었다. 햇볕을 못 보아서 그런지 어딘지 모르게 창백한 인상을 하고 있었고, 뒤에는 갑주를 입은 호위무사를 거느리고 있었다.

"그리고 대량의 재물도 말이지. 거기에 있는 너라면 알고 있겠지? 술법을 연구하는 데 있어서 돈은 있어도 있어도 부족한 것이라는 것을……."

"그래서 멀쩡한 상단에 접근해서 파탄을 낸 겁니까?"

"내 스승님이 말이지. 내가 황금상단을 파탄 내기에는 아직 젊지 않나?"

사내는 비웃음을 흘렸다.

"그저 스승이 한 것을 흉내 내 본 것뿐이다. 마침 나는 돈이 부족했고, 연구를 하기 위해서는 재료도 많이 필요했거든. 위대한 발전에는 대가가 따르는 건 당연한 일이지."

"그래서 황가상단과 금가상단에 접근했군요. 교엄과 교진을 끌어들인 것도 당신입니까? 아니, 그건 아니겠군요. 나중에 찾아왔겠지요. 그들이 당신을 협박했을 겁니다."

"……."

사내의 표정이 차갑고, 무겁게 가라앉았다.

"그래, 네가 그 소문의 무후재림인가 뭔가 하는 자로군. 정말이지 비범함을 드러내고 싶어서 안달하는 것처럼 보인다."

"그렇습니까? 그럼 제가 볼 때 당신은."

제갈현몽은 입가를 소매로 가렸다.

가렸지만, 누가 봐도 입가는 호선을 그리고 있었다.

"비범해지고 싶지만 그럴 수 없어서 괴로워하는 범부(凡夫)로 보이는군요."

"뭐?"

"그렇지 않습니까."

제갈현몽의 눈가가 가늘어졌다.

"비인외도(非人外道)의 길을 걸을 정도면, 정도(正道)를 걸을 수 없을 정도의 재능이란 뜻이고. 그나마도 타인의 희생을 강요하지 않으면 원하는 것을 이룰 수 없습니다. 인간임을 포기하였는데도 불구하고 성취는 여전히 보잘것없어, 더욱 탐학(貪虐)한 것에 집착하게 되고, 사람을 죽이고 고통스럽게 하는 것에 거리낌이 없게 되지요. 위대한 발전이라고요? 그렇다면 역으로 묻지요. 당신의 이 귀신 나오는 장원이 세간에 그 어떤 이로움을 줄 수 있단 말입니까?"

입을 열자마자 독설이 쏟아져 나온다.

사내는 그 말의 폭풍과 질감에 휘말려 입을 뻥끗하기도 어려웠다.

"이, 이익…… 네 이놈!"

"뜻조차 드높지 못하고, 능력은 그조차도 미치지 못해서 이런 지하에서 쥐새끼처럼 숨을 죽이고 있군요. 그나마도 교엄, 교진 두 고양이들에게 시달리다 이렇게 됐다는 것을 생각해 보면. 참으로 보잘것없습니다. 실로…… 후후후. 아, 실례."

제갈현몽이 소매로 입가를 가리며 말했다.

"벌레 같다는 생각이 들었습니다. 아무리 사실이 그렇다 해도 면전에서 하기에는 조금 과한 말이었군요."

"카학!"

머리가 빙글빙글 돌면서 어지럽다 못해 가슴 속에서 뭔가 끓어오름을 느낀 사내가 기침과 함께 각혈을 토해 냈다.

그리고 그 광경에 당화령과 만수는 제갈현몽을 보면서 두려움에 떨었다.

12장. 강시 〈289〉

'이, 이 자식.'

'화내니까 진짜 장난 아니네.'

독설만으로 사람을 피 토하게 하는 광경을 보니까 평소에 제갈현몽이 느물거리는 것은 그냥 원래 기본 말투가 그렇구나 하는 식으로 넘어갈 수 있을 정도였다.

사내가 눈을 빛냈다. 그의 두 눈은 이제 붉게 물들어 있었다.

"죽여라!"

사내는 그리 말하면서 손에 든 방울을 흔들었다.

그와 동시에 고대 무장의 갑주를 입은 사내가 앞으로 한 걸음 나왔다.

제갈현몽도 아까 전부터 내심 주목하고 있던 사람이었다.

아니, 사람이 아니다.

"생자(生者)가 아니군요. 인형(人形)? 아니, 귀하의 실력으로는 인형을 저 정도로 자유로이 움직이기 쉽지 않을 터인데?"

"이 자식이 끝까지! 그래, 인형이 아니다! 일류고수의 시체로 만든 강시지!"

쿠웅.

발걸음이 무겁다.

갑주의 무게가 어마어마한데도 불구하고 움직이는 데

전혀 부자연스러움이 없어 보였다.

게다가 음한지기가 원념과 섞여 사기(邪氣)를 뿜어내고 있었다.

제갈현몽은 강시의 발치에 마법을 사용하려다가 고개를 흔들었다.

아무리 바닥을 미끄럽게 만든다고 한들, 저 정도의 기운을 머금고 있다면, 단박에 술식이 무너져 버릴 것이다.

"자, 그럼 여러분."

제갈현몽이 한 걸음 뒤로 몸을 옮기더니 말했다.

"잘 부탁드립니다."

"……저쪽, 화가 많이 난 것 같은데?"

"그런가 봅니다. 이상하군요. 사실만 말한 것 같은데 왜 화가 났는지."

"나도 이제 너한테 화가 날 것 같아."

당화령이 그렇게 말하는 사이 만수가 앞으로 나아갔다.

"강시라. 죽은 시체가 살아 움직인다니 놀랍기는 하지만…… 그래 봤자 시체일 뿐이지. 움직임만 딱 봐도 둔하고."

만수는 그렇게 말하면서 내공을 응축한 다음에 그대로 강시의 목에 검을 박아 넣었다.

빠르고 실전적인 뒷골목의 무공답게, 만수가 익히고 있

는 사갈검법(巳蝎血劍)은 급소를 노리기에 최적화되어 있었다.

그리고 그 직후.

만수가 느낀 것은, 마치 오래된 고목에 검을 찌른 것 같은 반탄력과 단단함이었다.

보통 사람이라면 단번에 목이 날아갈 일격이었거늘, 강시는 생채기 정도만 났다.

직후, 강시의 눈이 만수와 마주쳤다.

"……시발."

쩡!

망치로 쇠를 치는 듯한 소리와 함께 만수의 몸이 날아가듯 튕겨져 나왔다.

그대로 벽에 몸을 처박은 만수가 신음을 흘리며 비틀거리며 나왔다.

"이, 괴물……. 검이 안 들어? 게다가 이 힘은……."

직전에 막는 것이 겨우였을 정도로 강시가 뿜어내는 신력과 속도가 어마어마했다.

평소 움직임은 무척 둔중하고 느리지만, 원할 때는 일류고수다운 움직임을 보이는 것이다.

"당연하지. 단순한 고수의 시체가 아니다. 이 시체를 강화하는 데 얼마나 많은 재물이 들어갔는 줄 아나? 철갑동피(鐵甲銅皮), 수화불침(水火不侵)하는 괴물을 막을 수나 있겠냐 말이다!"

그 순간, 당화령은 양손을 펼쳤다.

마치 나비처럼 소매가 펄럭이면서, 네 개의 암기가 삽시간에 강시를 피해 사내에게 쏘아졌다.

강시는 거기에 반응했다.

두개는 자신의 몸으로 막아 내고, 두 개는 검으로 쳐낸 것이다.

카가가강!

"멍청하긴. 넓은 곳이라면 모를까 이런 좁은 곳에서 그런 암기가 통할 줄 알았나?"

"아, 그러셔요."

당화령이 샐쭉하게 웃었다. 그리고 다시 소매를 떨쳤다.

강시는 움직이지 않았다.

아무것도 보지 못했기 때문이다.

사내도 맨 처음에는 뭘 한 줄 몰랐다가, 순간 코끝에 달큰한 향기를 맡고는 아차 싶었다.

순간 머리가 아찔해졌다.

"무, 무슨."

"성공했다."

당화령은 그리 웃으면서 제갈현몽에게 손을 흔들어 보였다.

제갈현몽이 질색했다.

"아직 독 가루 묻어 있는 거 아닙니까? 왜 저한테 손을 흔들고 그러십니까."

"……하여간 저놈은 변하질 않아."

하지만 당화령은 여전히 만족스러워했다.

아무리 연습했던 것이라고 해도, 실전에서 사용하는 것은 다른 법이었으니까.

"그거 말이지, 어떤 독인 줄알아? 꽃향기처럼 달콤했지? 하지만 그 향을 맡게 되면 일단 신경이 한 번 핑 돌게 된다고. 그 다음에는 콧구멍 안쪽부터 마비되는 느낌이 들 텐데, 반다경 정도부터는 폐가 천천히 돌처럼 굳어져 가. 그렇게 되면 마치 물에 빠진 사람처럼 숨을 할딱거리면서 쉬게 돼. 그래도 숨을 쉴 수 있으니까 당장 죽지는 않지만. 정말 오랫동안 고통스럽다고?"

"……이놈이고 저놈이고. 죽여!"

사내가 눈을 시퍼렇게 흘리면서 방울을 흔들었다.

그러자 강시의 움직임이 일변하면서 휘몰아치듯 셋을 압박하기 시작했다.

"크아아악!"

그렇지 않아도 큰 체구인 데다가, 거력을 가지고 몰아치자 대항할 방법이 마땅치 않았다.

"어차피 해독제를 가지고 있겠지? 네년을 죽이고 해독

제를 먹으면 될 일이다!"

"해독제가 어떤 것인지 알아볼 능력은 있고?"

"……그러면 팔다리를 잘라 놓고 가르쳐 줄 때까지 고문하면 되겠지."

사내가 그리 말하면서 다시 방울을 흔들자, 강시의 움직임이 달라지더니 사방에서 달려드는 장한들을 일거에 떨쳐냈다.

불합리할 정도의 무력 차이다.

당화령은 내심 혀를 찼다.

사내와는 달리 저 강시는 도저히 대처 방법이 생각나지 않았으니까.

독은 고사하고 무기로 상처를 입힐 수조차 없다. 솔직히 말해 여기에 절정고수가 있어도 상대하기 까다로웠으리라.

"하하하! 콜록. 어떠냐…… 지금이라도 무릎을 꿇는다면 조금은 고통 없이 보내 주마!"

"……야, 제갈아! 일단 너는 뒤로 빠져 있어."

"음. 안 그래도 될 것 같습니다만."

"뭐?"

"대충 어떻게 하면 될지 알 것 같거든요."

제갈현몽은 그리 말하면서, 숨을 크게 들이쉬었다.

휘익-!

가벼운 휘파람 소리.

그리고 그 순간, 강시의 움직임이 멎었다.

　　　　　＊　＊　＊

'뭐?'

도사, 장준일은 황당함에 잠깐 사고를 멈추었다.

지금 뭐가 일어난 건지 잠깐 이해가 되지 않았다.

"너…… 지금 뭐 한 거냐?"

"강시 말입니다. 그 방울로 조종하고 있었지요? 방울에서 나는 소리에 술법을 섞어서 강시를 제어하고 있는 것으로 보입니다. 그렇다면 저도 소리를 내서 제어할 수 있겠다 생각했을 뿐입니다."

여전히 이해할 수 없었다.

제갈현몽이 말한 것은 '할 수 있으니까 했다' 수준의 개소리로, 도저히 이해할 수 있는 것이 아니었다.

아득한 느낌에 사내는 이를 질끈 악물었다.

"믿을 수 없다!"

딸랑!

강시가 한층 더 폭급하게 움직이기 시작했다.

제갈현몽은 미간을 살짝 찌푸렸다.

그가 장준일에게 한 말은 거짓말은 아니었다.

하지만, 그리 쉬운 것도 아니었다. 장준일이 들고 있는 것은 술식을 증폭시키기 위해서 특별하게 고안된 물건.

거기에 개입해서 술식을 해체한다는 것이 쉬울 리 있겠는가.

'……라고 생각했지만, 생각보다 쉽군.'

휘익!

우뚝.

휘이이익!

'이 정도는 할 수 있지.'

제갈현몽은 잘 보다가 위험하다 싶은 장면에서는 휘파람을 불어 강시의 움직임을 일순 멎게 하는 식으로 대응했다.

"잘했다, 와룡!"

콰악!

만수가 사납게 미소지었다.

움직임이 멈춘 사이에 칼을 역수로 들더니 강시의 발등을 꿰뚫어 버린 것이다.

"도끼 가져와라!"

"네, 형님!"

만수가 내뻗은 손에 미리 준비되어 있다는 것처럼 연장이 들려졌다.

도끼를 든 만수가 까딱이면서 말했다.

"아무리 고통을 모르고 움직인다고 해도, 팔다리 인대가 끊어진 상태에서도 움직일 수는 없겠지? 큭!"

다시 장준일의 방울이 울리자 강시가 발등에 꽂힌 검을 뽑고는 포효했다.

그대로 만수를 밀치곤 시선을 제갈현몽에게 향했다. 누가 봐도 검을 던지려는 모습.

"제갈아! 위험……."

휘익!

또다시 강시의 움직임이 멈추었다.

그사이 만수가 내던지기 직전의 강시의 팔을 도끼로 후려쳐서 검을 떨어트렸다.

"싸우기 편해서 좋군!"

아닌 게 아니라 그랬다.

일류고수급으로 움직이는 강시가 어지간한 공격에는 상처도 입지 않고, 독도 안 통하는 데다가 바위도 움직일 수 있을 거력을 가지고 공격을 한다.

어지간하면 도저히 상대할 수 없었으리라.

한편 장준일은 끓어오르는 듯한 지옥의 고통을 느끼고 있었다.

배알이 꼬인다고 하는 말이 어째서 세상에 존재하는지, 장준일은 절실하게 체감했다.

'십 년이다. 내가 이 술법을 익히기 위해서 무려 십 년

이나 시간을 바쳤단 말이다!'

뿐이랴. 술법의 제어를 보다 쉽게 하기 위해 진지를 구축하고, 거기에 갖은 재료를 들여 강시를 제어할 수 있는 법보, 제혼령(制魂玲)까지 만들어 내지 않았던가.

결코 제갈현몽의 휘파람 한 번에 풀려도 되는 술식이 아니었다. 그래서도 안 되는 것이었다.

열등감, 시기심, 부러움 등등이 장준일의 흉중에서들 끓어 올랐다.

"내 말을 들어라, 급급여율령! 내 말을 들으라고!"

"아, 이제 조금 알겠습니다."

"뭐가 말이냐!"

제갈현몽은 이제 휘파람도 불지 않았다.

마력을 담아서 손뼉을 치자, 장준일이 흔들던 방울 소리가 중간에서 역류했다.

"!"

기운 자체로 따지면 장준일이 다루고 있는 기운이 훨씬 많았다.

하지만 제갈현몽의 술식이 강물을 거슬러 오르는 연어처럼 장준일이 가진 술식의 틈새를 거슬러 오르며 낱낱이 술식을 해체하고 있었다.

완전한 술식의 파훼.

"커흑."

장준일은 각혈을 내뱉었다.

제갈현몽의 독설, 당화령의 독, 그리고 이번 술식의 파훼가 서로 어우러지면서 심신이 무너지기 시작한 것이다.

'여기서 끝이라고?'

장준일은 이를 악물었다. 자신이 가지고 있는 모든 법력을 제혼령에 쏟아부었다.

"인정할 수 없다! 인정할 수 없어! 급급여율령! 내 명을……."

파각.

그 순간, 장준일이 흔들던 방울이 중간에서 터져 나갔다. 방울을 울리던 종이 깨지면서 힘없이 추가 바닥에 떨어졌다.

동시에 강시의 움직임도 우뚝 멎었다.

"……아."

장준일의 안색이 사색이 되었다.

그리고 다음 순간, 만수를 향해 뛰어들었던 강시가 천천히, 아주 천천히.

하지만 무척이나 확실한 목적과 의도를 가지고 장준일을 바라보았다.

"그, 급급……."

강시가 몸을 날렸다.

다음 순간, 장준일의 몸은 어린아이가 싫증 내면서 던진 인형처럼 날아갔다.

"꺼으으으윽……!"

제갈현몽은 등줄기에 한기가 흐르는 걸 느꼈다.

'위험하다.'

"여러분, 지금입니다. 서둘러 이 자리를 빠져나가지요."

"뭐? 하지만 저거 지금…….'

"어서요! 지금 저자, 강시를 제어하는 술식의 제어권을 완전히 상실했습니다. 지금 아니면 도망칠 기회가 없습니다."

제갈현몽이 드물게 다급하게 말하자, 뭐라 하려던 만수가 바로 고개를 끄덕였다.

"가자."

어차피, 무슨 일이 일어나든 이 지하실에 계속 있는 것은 별로 좋은 선택은 아니었다.

일행은 바로 몸을 돌려 입구이자 출구인 곳으로 발걸음을 옮겼다.

그리고 그 뒤에서는 끔찍한 비명이 흘러나오고 있었다.

"오, 오지 마. 오지 말란 말이다! 나, 나는 네 주인이다. 내 주인이라고! 끄으으아아아! 내 팔, 내 팔!"

비명을 지르다 못해 성대가 찢어지는 게 아닌가 싶은 소리.

어지간히 간담이 센 당화령조차도 표정을 굳힐 정도였다.

"야, 저거 어떻게 된 거야?"

"……간단한 일입니다. 본래 저자는 술법으로 강시의 원혼을 제어하고 있었습니다. 그러나 이번에 술식이 무너진 상태에서, 보수하지도 않고 무리하게 운용하다가 완전히 깨지고 말았지요."

"일종의 주화입마나 내상 같은 건가?"

"비슷합니다. 그리고 저 강시에 깃든 원혼의 입장에서, 가장 원한이 깊은 상대는 누구겠습니까?"

"……."

그제서야 사람들은 강시가 가장 가까이 있던 만수나 당화령에게 달려들지 않고 고개를 꺾어 가면서까지 장준일에게 향했는지 이해했다.

강시에 깃든 원혼이 가장 원망하는 것은, 다름 아닌 그들을 이 꼴로 만든 장본인 아니겠는가.

제법 멀리 떨어졌기에 소리는 이제 아득하게만 들려왔다.

하지만 어느 정도 내공이 있는 당화령이나 만수는 인상을 찌푸렸다.

하지만 제갈현몽은 차갑게 내뱉었다.

"비인외도를 걸었으니, 그 결말이 짐승과도 같은 것은 당연한 일이겠지요."

"너 역시 화난 게 맞구만."

"아니, 아까 전부터 왜 자꾸 그러십니까. 저는 항상 평온합니다."

"네가 좋아하는 술법으로 이런 악행을 벌이니까 그런 거 아니겠어?"

당화령의 말에 순간 제갈현몽은 입을 열지 못하고 뻐끔거렸다.

제갈현몽이 말문이 막히자 당화령이 좋아하며 이죽거렸다.

"의외로 정파 협사의 기질이 있었네?"

"……아무튼 서두르지요. 서둘러 바깥으로 나가야 합니다. 아무리 원한을 가지고 있다고 한들, 장준일은 오래 버티지 못할 것이고……."

제갈현몽은 그렇게 말하면서 어둠을 꿰뚫어보는 눈으로 자신이 돌아왔던 통로를 바라보았다.

통로는 거짓말처럼 닫혀 있었다.

동시에, 은은하게 들려오던 장준일의 비명이 딱 끊겨 버렸다.

"원혼은 생자(生者)를 싫어하면서 자신과 같은 꼴을 만들어 주려는 기질을 가지고 있으니, 다음으로는 우리를 노릴 테니까요."

제갈현몽은 꿈에서 마탑에서 배운 지식을 떠올리면서 그리 중얼거렸다.

"아까 전처럼 네가 강시의 움직임을 제어할 수 있는 거 아니야? 장준일이라는 도사 놈이 없으면 더 쉬울 텐데?!"

"오히려 반대입니다. 달리는 야생마에 고삐를 채워서 겨우겨우 제어하고 있었는데, 그게 풀어졌다고 생각해 보십시오."

"그래서 이제 어떻게 할 건데? 막혀 있잖아."

"아, 그럴 수도 있다고 생각했습니다."

제갈현몽은 그렇게 말하면서 마법봉을 흔들었다.

그러자 다시 무거운 소리와 함께 닫혀 있던 기관의 문이 열리기 시작하는 것이 아닌가.

그리고 그와 동시에, 소리가 커지기 시작했다.

"오, 옵니다! 강시입니다!"

쿵! 쿵! 쿵!

두 손을 나란히 하고 발을 딱 붙인 채로, 강시가 달려들어 오고 있었다.

피웅덩이에라도 들어갔다 나왔는지 전신이 새빨간 모습.

누구의 피로 칠해진 모습인지는 너무도 뻔한 일이었다.

"카아아아악!"

누가 봐도 살의에 가득 차 있는 모습.

"와룡! 얼른 나가!"

만수의 말에 제갈현몽이 얼른 앞으로 나아갔다.

아직 비는 내리고 있었다. 술자가 죽었음에도 불구하고 아직 남아있는 음한지기도 마찬가지였다.

그리고 잠깐의 소란이 일었다.

먼저 사람들이 우르르 나오더니, 마지막까지 나오지 않던 만수의 몸이 퉁겨지듯 통로에서 튀어나왔다.

"크헉!"

입에서 피를 흩뿌리면서 날아든 만수가 이미 대기하고 있던 부하들에 의해 구해지고, 그 뒤를 이어 만수와 별다를 바 없는 안색의 당화령이 튀어나왔다.

"빌어먹을, 뭐 이딴 괴물 같은 게 다 있어?"

당화령에게 있어서는 악몽 같은 상대나 다름없었다.

독도, 암기도 아무것도 통하지 않았으니까.

차라리 얼마 전 사천에서 떠나간 팽악이 이곳에 있는 것이 더 나았으리라.

결론은 빨랐다.

"제갈아! 이제 어떻게 할 거야?"

"이대로 물러설 수는 없습니다. 아마 이대로 두면, 이대로 주변에 살아 있는 것들을 찾아 죄다 죽이려고 할 겁니다. 그리고……."

제갈현몽은 강시의 모습을 바라보았다.

결코 편하게 죽지 못했으리라.

이리저리 망가져 있는 강시의 얼굴이 보인다.

찢어진 부분은 기워 붙여졌는지, 피부의 색도 전부 달랐다.

장준일이 무언가 특별한 술수를 썼다고 하니, 아마 그 일환이리라.

그리고 강시의 몸에서 뿜어져 나오는 원념도 무시할 수 없었다.

"그냥 두고 갈 수는 없지 않습니까."

"그러면 무슨 방법이라도 있어? 이대로라면 우리가 다 죽게 생겼어!"

제갈현몽은 잠시 하늘을 바라보았다.

그리고는 챙겨 온 향로를 보더니 고개를 끄덕였다.

"……일다경 정도, 시간을 조금 벌어 주십시오."

"뭘 하려고?"

"제(祭)를 올려 보려 합니다."

"제사? 아니, 지금 제사를 드린다고 저 강시가 말을 듣는다는 거야?"

"아뇨, 그런 건 아니고."

제갈현몽은 생각했다.

지금, 난동을 부리면서 만수의 부하들과 드잡이질을 벌이고 있는 강시는 음한지기와 원념의 결정체였다.

그것을 정화하기 위해서는 대량의 양기가 필요했다.

비가 오고 있는 상황.

대량의 양기를 불러오기 위해서는 단 하나밖에 없지 않은가.

"번개를 부르려고 합니다."

* * *

과거에 원시마법이라는 것이 있었다.

지금처럼 고리를 이용해 마력을 불어넣는 것이 아니라, 어떤 제(祭)나 의식 등을 통하여 원하는 현상을 일으키고자 하는 것.

말하자면 기우제(祈雨祭)라는 것이 그러하였고, 황제가 한 해의 안녕과 풍작을 기원하기 위해 벌이는 제사 또한 그러했다.

설화의 영역으로 가자면, 제갈공명이 동남풍을 불러오기 위해 제사를 빌었다는 것이라든가, 폭풍을 가라앉히기 위해서 만두를 바쳤다고 하는 일화도 거론할 수 있으리라.

'예전에는 다 거짓부렁이라고 생각했는데.'

아무리 자신의 선조라고는 하지만 뻥이 너무 심한 거 아닌가 했었는데, 요즘에는 어느 정도 진실이 섞여 있는 것은 아닌가 싶다.

제갈현몽은 그리 생각하면서 의관을 정제하고 무릎을 꿇고 바로 앉았다.

'알렌의 세계에서도 마찬가지였다.'

한 천재가 나타나 고리라는 것을 만들기 전까지, 마법은 지극히 원시적이었다.

지금 중원에서 부리는 술법과 별반 다를 바 없는 수준일 정도로.

제물을 바치고, 춤을 추고, 정령과 교신하려 하며 원하고자 하는 바를 이루고자 했다.

그리고 사실, 그건 지금에서도 유효한 것이었다. 그저 도태된 것일 뿐이지 사라진 것이 아니었다.

그렇다면, 그러한 원시마법을 동원한다면 제갈현몽이 지금 수준에서 일으키기 쉽지 않은 일도 행할 수 있으리라.

제갈현몽은 향로에 두 손을 얹고 눈을 감았다.

눈앞에서 강시와 사람들이 싸우는 모습이 보였지만, 그저 믿기로 했다.

향로에 마력을 불어넣으며 .장원에 가득한 음한지기를 빨아들이기 위해 술식을 고쳐 쓰기 시작했다.

'세상에서 가장 강력한 양기 중 하나인 번개는 오직 양기로만 빚어지지 않는다 하였다.'

제갈현몽은 제어력을 끌어올려 마력을 날카롭게 벼렸다. 그리고 음한지기를 이루고 있는 기운을 나누었다.

가장 작은 단위로 바꾸어, 공양하기 쉬운 형태로 구축하고, 그것을 하늘로 날려 보냈다.

나누고, 잘라 낸다. 다시 나누고, 다시 잘라 낸다.

그렇게 흩뿌려진 것을 마법봉으로 휘저어 구름과 같은 형태로 빚었다.

마법을 다룰 수 있는 방법은 단순히 의지만 있는 것이 아니다.

말, 손짓, 행위, 제례, 행위.

인간이 만들어 내고 자아낼 수 있는 그 모든 것이 바로 마력을 이끌어 낼 수 있는 모든 것이었다.

지끈-

머리가 아파 왔다.

제아무리 술식을 섬세하게 제어하고, 필요최소한으로만 운용하고, 원시마법을 응용한다고 해도 필요한 마력이, 고리의 수가 부족했다.

정신이 아득해졌다.

기절과 무아지경의 중간 어딘가에서.
제갈현몽은 꿈을 꾸었다.

* * *

"서클을 하나 더 만드는 것은, 세상과 연결할 방법을 하나 더 늘린다는 것과 마찬가지다. 더 나아가 자(者)와 타(他)가 서로 다르지 않고 같음을 인식하는 것이기도 하지."

알렌은 로우론에게서 서클을 하나 더 만드는 것에 대한 담론을 듣고 있었다.

서클을 하나 더 만들기 위해서는 몇 가지 조건이 필요했다.

먼저, 몸이 준비되어야 한다.

여기에서 몸이란 서클을 뜻했다.

고리가 충분히 견고하고, 마력이 가득 들어차 있으며, 완벽하게 통제할 수 있어야 했다.

"그다음은 깨달음이 필요하다. 여기에서는 보다 근원적인 질문이 필요하다. 마력이란 무엇인가, 또 마법이란 무엇인가. 그리고 술식이라는 것이 무엇이기에 마력을 불어넣는 것만으로 특정 현상을 발현할 수 있는가."

알렌이 머리가 터질 것 같은 표정을 지었다.

그 모습에 로우론은 빙긋 웃더니 알렌의 머리에 손을 얹었다.

"너무 복잡하게 생각할 것 없다. 요는 자신이 이 세상을 어떤 관점으로 보고 받아들이고 이해하냐는 데 있다는 것이다. 마법으로 네가 이 세상을 어떻게 보고 싶은지. 그 점을 생각하다 보면 단초를 잡을 수 있을 것이다."

로우론은 마지막으로 물었다.

"너는 어떤 마음을 담아 마법을 쓰고 있느냐?"

꿈에서, 알렌은 오랫동안 고민했다.

제갈현몽은 그것을 지켜보고 있었다.

아니, 지켜보고 있기만 한 건 아니었다. 그 상황에서도 제갈현몽은 번개를 부르기 위한 술식을 생각하고 있었다.

그리고 꿈속에서 반년이 지났다.

알렌은 검처럼 생긴 마법봉을 들고 있었다.

그것으로 펼치는 것은, 제갈현몽을 통해 봤으리라 여겨졌던 각종 무공들이었다.

반년 동안, 처음에는 형만을 흉내 냈다.

하지만 점차 의(意)가 깃들기 시작하더니, 나중에는 호흡이 달라지기 시작했다.

그리고, 그 와중에 마탑에서의 실전 훈련이 시작되었다.

마물과 싸우는 훈련이었다.

하지만 뭔가 문제가 생긴 모양이었다. 학생들이 감당하기에는 너무도 강력한 마물이 모습을 드러낸 것이다.

알렌은 학생들을 지키기 위해 맞서 싸우기 시작했다.

그리고 싸우면서 점차 무아지경에 빠져들기 시작했고, 그러면서 자신만의 움직임의 형이 잡혀 들어갔다.

그리고 마물을 쓰러트렸을때, 알렌의 고리는 두 개가 되어 있었고.

동시에 제갈현몽은 술식을 완성했다.

* * *

'대체 언제까지 해야 하는 거지?'

당화령은 숨이 이제는 턱밑까지 차오르는 것을 느꼈다.

기절했다 깨어난 만수가 합류하지 않았더라면, 정말 진지하게 도망치는 것을 고민했으리라.

강시는 정말이지 강했다.

일류고수가 된 이후로, 이렇게 상성의 중요성을 느껴본 적이 없었다.

"던져!"

만수가 만전이 아닌 몸 상태에서도 그리 외치면서 부하

들에게 명하자, 부하들이 바로 갈고리가 달린 밧줄을 강시에게 내던졌다.

강시는 피하지 않았다. 어차피 그 정도로는 다치지 않았기 때문이다.

하지만 몸에 갈고리가 걸리기 시작하자 이야기는 달랐다.

"걸렸다. 당겨!"

콰아악—

밧줄이 순식간에 팽팽해지면서 강시의 몸이 여러 갈래로 붙들렸다.

이내 장한들이 힘주어 당기자 강시의 몸이 일순 멈추었다.

하나 그것도 잠시였다.

"그어어어어!"

괴성과 함께 강시가 몸부림을 치자, 줄 하나에 장한 두셋이 붙어 있었음에도 불구하고 발이 질질 끌려갔다.

당화령은 이를 악물고 두 손을 뿌렸다.

쉬쉬쉭—!

내던진 암기가 향한 곳은 치명적인 급소가 아니었다. 도리어 관절과 인대를 비롯해 인체가 움직이기 위해 필수적인 곳.

몇 개는 갑주에 막혀 버렸지만, 그래도 움직임을 제한

하는 데는 충분했다.

'아직인가?'

당화령은 시선을 돌려 제갈현몽을 바라보았다.

이 소란이 일어나고 있는데도 불구하고 제갈현몽은 여전히 눈을 감고 기도를 올리고 있는 중이었다.

그리고 그 앞에서 피어오른 향로에는 기이한 푸른빛이 번뜩이고 있었다.

'이 찌릿한 기운은 대체……?'

탱!

그 순간, 무언가 끊어지는 소리가 나며 무언가가 짓쳐 들어왔다.

창졸간에 막기는 했지만, 팔뚝에서 마치 채찍에라도 얻어맞은 것 같은 통증이 느껴졌다.

'밧줄.'

강시와 장한들이 힘겨루기를 하고 있던 그 밧줄이 끊어진 것이다.

그리고 그간 하나만이 아니었다.

하나가 끊기기만을 기다렸다는 듯 연쇄적으로 끊기더니, 강시가 제자리에서 거세게 몸을 뒤틀자 밧줄을 잡고 있던 사람들이 마치 낚싯줄에 걸린 고기처럼 하늘을 날았다.

"아직도 쌩쌩하네. 절정고수도 저정도 처맞았으면 죽

었을 텐데."

 당화령이 허탈한 눈빛으로 그리 중얼거렸다.

 하지만 이상하게도 위기감은 별로 들지 않았다.

 어느새 제갈현몽이 눈을 뜨고 일어나 있었고, 항상 가지고 있던 나무 막대를 들고 하늘을 가리키고 있었으니까.

 그리고.

 하늘에서는 어느새 먹장구름이 가득해 으르렁거리는 소리를 내고 있었다.

 그 이질감을 강시도 느꼈는지, 강시가 제갈현몽을 바라보았다.

 그리고 바로 움직이려고 무릎을 굽혔다.

 그보다 제갈현몽이 한 발 더 빨랐다.

 머리 위에서 두 개의 고리가 휘몰아치며, 술식의 연산을 끝내고 있었고.

 제갈현몽은 느려진 체감 감각 속에서 자신의 눈으로 보기에는 무척 천천히 마법봉을 위에서 아래로 내리그었다.

 마법의 이름은 무척 자연스럽게 만들어졌다.

 당연했다.

 그 이름조차도 술식의 일부였으니까.

 "뇌인(雷印)."

-!

 백색 기둥이 세상에 말뚝을 박았다.

 동시에 폭죽처럼 터지며, 순간 온 세상을 백색으로 물들였다.

 실체한 것은 아주 잠깐; 찰나의 순간.

 하지만 순간 세상에 자신이 있었노라며 흔적을 남기려고 하는 것처럼, 몸부림치면서 갖은 상흔을 남겼다.

 그리고는 사라져 버렸다.

 "!"

 먹구름이 걷히고 있었다.

 방금 전의 것으로 모든 힘을 소진해 버린 구름이 산산히 흩어져 가고 있었으니까.

 비가 그쳤다.

 동쪽에서는 해가 떠오르며 뻗어 오는 양기가 장원 곳곳을 비췄다.

 "후우······."

 사람들의 눈이, 만수조차도 경이로움에 젖어들어 가는 사이 제갈현몽만 유일하게 태평할 정도로 긴 한숨을 쉬면서 마법봉을 내렸다.

 그의 눈앞에는, 까맣게 숯이 된 채로 타오르고 있는 강시의 모습이 보였다.

 마력으로 점검해 보아도 마찬가지였다.

강시의 몸에 가득했던 음한지기와 원한은 이미 압도적인 양기에 의해 증발한 지 오래였다.

"아무래도 끝난 것 같습니다."

* * *

다 끝나지는 않았다.

살아남은 사람은 그 뒷처리를 해야 했으니까.

"……꽤나 피해가 크군요."

만수가 데려온 자들 중에 죽은 사람은 다행히 없었지만, 강시와 싸우는 도중에 몸 한구석을 크게 다쳐서 요양해야 하는 사람은 적지 않았다.

심지어는 만수도 두 손으로 세기 어려울 정도로 많은 뼈가 부러지기도 했고, 당화령도 이래저래 구른지라 장기간 치료를 해야 할 정도였다.

"소득이 아주 없는 것도 아니긴 하지만."

만수는 그렇게 말하면서, 몸이 그나마 성한 사람들을 시켜 찾아낸 재물을 가리켰다.

황가상단과 금가상단, 그리고 황금상단주가 쌓아 올렸던 재물의 일부였다.

"아무래도 그 도사 놈이 이래저래 써 재꼈는지 이것밖에 남지 않았어. 약속대로니 이건 네가 가져라."

"정말 그래도 되겠습니까?"

"그래."

만수는 고개를 끄덕였다.

솔직히 적은 금액은 아니었다.

하지만 그 고생을 하고 벌어들인 수익이라고 하기에는 그다지 많은 금액도 아닌 것이 사실이었다.

여럿 사선을 넘을 뻔하지 않았던가. 당장 만수만 하더라도 의원에 가서 치료받으면 저것보다 더 많은 지출을 해야 할 판이었다

그래도 제갈현몽에게는 적지 않은 금액일 터였다.

뭐니 뭐니 해도, 지금의 제갈현몽은 빚쟁이였으니까.

"뭐야, 제갈아. 너 혼자 먹는 거야? 내 거는?"

당화령이 다가왔다. 제갈현몽은 미간을 순간 찌푸렸다.

'명문세가의 후기지수면 돈도 많을 텐데.'

잠깐이었지만 당화령은 제갈현몽의 그 표정을 보고는 말없이 자신의 손을 들어 올려 보았다.

부목을 대고 붕대를 칭칭 감은 팔뚝.

제갈현몽이 바로 고개를 숙였다.

"나눠 드리겠습니다."

"음, 그래야지."

당화령은 제갈현몽의 빠른 굴복에 만족했다.

물론 재물이야 적지 않게 있기는 하지만, 있으면 있을수록 좋은 것이 아니겠는가.

"그런데 잠시, 나중에 드려도 되겠습니까? 쓰고 싶은 곳이 있어서요."

"쓰고 싶은 거라니? 뭔데."

제갈현몽은 잠시 장원을 둘러보다가 어깨를 으쓱했다.

"별거 아닙니다. 여기에서 제사를 드리고 싶어서. 만수가 제구를 가지고 오기는 했지만 방금 소동에 다 망가져 버려서 멀쩡한 게 없더군요. 돈을 좀 써야 할 것 같습니다."

"그런 거라면 내가 내줘도 되는데. 애초에 그러기로 약속한 거였고."

만수가 그리 말했지만, 제갈현몽은 고개를 흔들었다.

"다른 재물보다는 이 장원의 재물을 쓰는 것이 더 좋을 것 같아서요. 부족한 분은 나중에 꼭 벌충해 드리겠습니다."

"……."

그 말에 사람들이 당화령을 바라보았다.

삽시간에 쓰레기가 되어 버린 듯한 느낌에 당화령은 고개를 흔들었다.

"아, 아냐. 나도 그냥 해 본 말이야."

"무슨 말이십니까? 당 소저는 제 제안에 따라온것 아닙니까. 그에 상응하는 마땅한 보상을 받으셔야…….”

"아냐! 진짜 괜찮아. 괜찮다니까? 나도 나름 정파인데 이런 대의에 보수를 요구할 수 없지. 그런 건 협이 아니니까."

"예, 그럼 그런 건 줄 알겠습니다. 나중에 딴말하지 마십시오."

"……어?"

당화령이 속아 넘어갔다는 것을 안 것은 조금 더 시간이 지난 뒤였다.

(무림 속 마법사로 사는 법 3권에서 계속)